新潮文庫

海辺の光景

安岡章太郎著

———
新潮社版

1670

目次

海辺の光景 ……………… 七
宿　題 ………………… 一六七
蛾 …………………… 二一五
雨 …………………… 二三一
秘　密 ………………… 二四七
ジングルベル …………… 二六九
愛　玩 ………………… 二八九

解説　四方田犬彦

海辺の光景

海辺の光景

片側の窓に、高知湾の海がナマリ色に光っている。小型タクシーの中は蒸し風呂の暑さだ。桟橋を過ぎると、石灰工場の白い粉が風に巻き上げられて、フロント・グラスの前を幕を引いたようにとおりすぎた。

信太郎は、となりの席の父親、信吉の顔を窺った。日焼けした頸を前にのばし、助手席の背に手をかけて、こめかみに黒味がかった斑点をにじませながら、じっと正面を向いた頰に、まるでうす笑いをうかべたようなシワがよっている。一年ぶりに見る顔だが、喉ぼとけに一本、もみあげの下に二本、剃り忘れたヒゲが一センチほどの長さにのびている。大きな頭部にくらべてひどく小さな眼は、ニカワのような黄色みをおびて、不運な男にふさわしく力のない光をはなっていた。

「で、どうなんです、具合は」
「電報は何と打ったんだかな、キトクか？……今晩すぐというほどでもないようだな、ま ア時間の問題にはちがいないが」
 信吉は口の端に白く唾液のあとをのこしながら、ゆっくりと牛が草を嚙むような調子でこたえた。
「ほう」
 信太郎は、父親が話し出すと事務的なこたえ方になった。窓をひろく開けたが、夕なぎの海面から吹きこんでくる風は熱気をおびて、車内の温度には影響がなさそうだ。汗にまみれた手頸にまつわりついてくるシャツの袖をたくし上げながら、乾いた肌着にとり換えるときの心持を何度でもくりかえして憶い出そうとしていた。……突然、腐った魚のハラワタの煮える臭いが鼻を撲った。車のすぐ前をケタタマしい叫びを上げて、トサカまで真白くほこりを浴びたニワトリが何羽も横切った。粗末な、板片を打ちつけただけの家が、倒れそうになりながら軒をくっつけあって立っている。「部落民」と呼ばれる人たちの居住区だ。この部落がつきると、道路は平坦になり、やがて二た股になっ

——来た、と信太郎はおもった。

一年まえ、運転手がラジオにスイッチを入れたのは、ちょうどこのあたりだった。古い大型の車で、運転手のとなりに信太郎が、うしろの座席に父親と伯母とが両側から母をはさんで坐っていた。後部のトランクに夜具が一と揃い収いこまれてある……。波長のととのわないラジオは部落をとおりこすと同時に、高く鳴り出した。漫才をやっていた。どっと起った笑い声の中から、女のカナキリ声が聞えた。とめてくれ、信太郎は云いつけようとしたが、口をひらきかけたまま言葉が出なかった。運転手は黒い皮の手袋をはめた手を得意そうに上げると、いきおいをつけるようにハンドルを切った。細い路地の両側に茶店の赤い小旗が目についた。狼狽して信太郎は云った。

「ちがうんだ、この路じゃなかった」

「⋮⋮⋮⋮」

運転手はブレエキを踏みながら、不服そうにサン・グラスの眼を向けた。うしろから伯母と父とが体をのり出した。バック・ミラーに小さく母親の顔がうつった。笑ってい

る顔だった。漫才の女のうたいだした流行歌にあわせて、自分もいっしょに口ずさんでいる。

「K浜ですろう、K浜なら……」

運転手の声はイラだたしげに、車の中じゅう響きわたった。父親が何か云いそうになった。信太郎は、父親ののりだした姿勢を抑えるために声をはり上げた。

「ちがうんだ。……K浜のちかくなんだが、すこし手前をまがるんだ」

車のまわりに人がよってきた。茶店のとなりで、軒先に吊るされた青や赤の水着がゆれた。運転手は舌打ちした。

「K浜へ行くというから、K浜かとおもうたに……。曲るのはどっち？　右、左？」

「左だ。しかし、どっちにしても、すこしバックしてもらわないと……」

「バック？　バックして一体どこへ行くつもりですぞ」

どこへ行くつもり、信太郎は心の中でつぶやきかえした。なぜそれが云えないのか、理由はハッキリしているはずだった。行先を母親に知らせるわけにはいかないからだ。

しかし、それだけだろうか。もし理由がそれだけだとしたら、なぜ前の晩、この車をた

のみに行ったとき、くわしい地図でも書いて運転手にわたしておくだけの用意でもしておかなかったのか。自動車は運転手の不機嫌をそのままあらわすように、エンジンの音を鳴らしつづけていた。車のまわりの人だかりは、ますます増えてくるばかりだ。彼等は避暑客だった。だから水死人をのぞきこむように、この立往生した車の中をのぞいてみたいのだ。これ以上、車を止めておくわけには行かない。信太郎は運転手の耳もとにささやくように云った。

「永楽園、わかる？ あそこへちょっと用があるんだ」

「エイラクエン？」

運転手は、まるでわざとのような大声で問いかえした。車のまわりで、ざわめきが起った。運転手はラジオを止めると、ゆっくり信太郎の方をふり向いた。そして、殊更のような大阪弁になりながら、「ははア、これでっか」と、自分の頭を指した手を空で二三度ふりまわすと、乱暴にハンドルを廻して、逆の方向にカーヴを切りなおした。信太郎は、いままで自分の抑えつけられていた不安が、突然、何者に対してともない怒りのようなものに変って行くのを感じた。

それから一年たったいま、それが何であったか信太郎は憶い出すことができない。ことによると、それは外へ向った怒りではなくて単なる狼狽であったかもしれない。どっちにしても、あの小さな事件のおかげで、自分のやっていることをまるで絵にかいたようにハッキリと眼のまえに見せつけられたことはたしかだった。あのとき彼は母親に、「これからいっしょに東京へ行こう」と云っておいた。東京へかえろう。しかし、そのまえにK浜で伯母さんたちと一日ゆっくり遊んで行こう、ということになっていたのだ。土間につづいた茶の間のうす暗い電燈の下でそう云うと、母親はにわかに元気づいて、急に土間の上り口の踏み板を雑巾で拭いたりしはじめた……。

タクシーは上り坂にかかっていた。このあたりはもう病院の敷地だ。斜面の路の両側に桜の並木がある。

「季節になると、市内からこの桜を見にくる人が大勢おりますよ」

はじめてこの病院を下見分の意味でたずねたとき、看護人の青年がそう云ったのを憶い出した。たしかにそれは美事なものだった。満開のときは斜面全体が桜の花に包まれ

るにちがいない。けれどもここが花見の場所として賑わうとは考えられなかった。あまりに整いすぎてお花見にふさわしい乱雑さに欠けていた。看護人の言葉に反えって信太郎は、満開のまま深閑としずまりかえった花ざかりの桜の森を思いうかべた。すると樹液をしたたらせた艶のある桜の幹の一本一本が、見えない"狂気"を大地から吸いとっては、淡紅色の花のかたちにして吐き出しているようにおもわれてくるのだった。斜面の中腹から道はまた二つに分れて、

　　永楽園女子病棟

として、左向きに矢印をつけた立札が見える。車は一気に坂を上りつめた。と急に視野がひらけて眼の下に、小さな入江と、それをU字型にかこむ平地と、白い真新しいコンクリート造りの建物とが、たそがれどきの薄暗やみの空気の底から、まるでチョレートの化粧箱の色刷の絵のような風景をのぞかせた。病舎なのである。

「どうです。奇麗でしょう。なに、病院としての設備は、やっぱり地方だけにいくらか時代おくれですがね、脳外科の手術なんかもめったにやりませんし……。でも、こうやってみると病棟はじつに奇麗でしょう」

斜面の桜の自慢をした青年が、やはりはじめてきたときの信太郎に云った。桜並木に花見の客がやってくるということには、何かうなずけないものを感じた信太郎も、この「奇麗でしょう」という言葉はそのまま受け入れた。まったくのところ、その絵のような景色は美しいということに何の説明も要しないものだったふうだ。けれども、あとになって考えると青年の云ったのは、病舎そのものが衛生的で掃除が行きとどいているという意味にもうけとれた。たしかに、そういう点でも信太郎の見てきた東京近郊の病院とくらべて、ここは奇麗にちがいなかった。……タクシーは崖のように切り立った斜面の、まがりくねった坂道を用心ぶかく下って行った。

病棟玄関には、すでに燈がともっていた。車寄せのすぐまえに湖水のように静かな海がひろがって、まだそこここに日は暮れのこっていたが、時刻はもはや消燈時をすぎて患者の姿は見えなかった。

「ひとつ、様子を見てくるか？」

信吉は片頰にうす笑いのようなものをのこしたまま、息子の顔を見上げながら云った。

「行きましょう」

信太郎はイラ立たしげにこたえた。——危篤の母を見舞いにきた息子なのだから、そ れが当りまえではないか。——しかし、燈の消えた長い廊下を懐中電燈をもった看護人 に案内されて行くうちに、ふと自分の姿がひどく芝居じみたものに思われてきた。自分 ははたして母に会いたいのか、会いたくないのか？ すでに正常の意識を失っているも ののそばへ行ってやることに、どれだけの意味があるのだろうか？ このようにして急 ぎ足に歩くことは、単に息子としてふさわしい行動をとらなければならないと思ってい るためではないのか。

「あ、こっちです」

案内の男は懐中電燈を振って云った。信太郎は、反対側の階段へ足を向けようとして、 裏返しになったスリッパをはきなおしながら立ち止った。

「こっちの方へ移しましたから……」

男は、事務的な、抗弁するような口調で云うと、先に立って歩き出した。入院させる ときは、明るい海べりの部屋をたのんであったのだ。一体いつから部屋をかえられたのか？ しかし、いまさらそんなことを聞き出してみることは無駄におもえた。鉄の扉があった。

暗闇の中から、饐えたような甘い臭いがただよいはじめた。重症患者のための個室が廊下の両側に並んでいる。どの窓にも頑丈な鉄格子と太い金網が張られ、小窓の一つ一つに〝沈黙〞が音になって聞える気がした。一歩あるくたびに動物的な恐怖がやってくる。案内者の懐中電燈が気まぐれに左右にふられると、金網にぴったり寄せた顔がうかび上り、光った眼が吸いつくようにこちらを見ている。左側に一つだけ、半開きになった扉があった。

「ここです」

案内した看護人はカカトを踏みつぶした運動靴の足を止めた。一枚だけ畳を敷いた板貼りの部屋に、うすい藁蒲団と蒲団をかさねて母は寝かされていた。外側の窓から月光が矩形になって流れ落ちている。懐中電燈に照らし出された母の顔は、すっかり痩せおちているうえに、醜くゆがんで、ほとんどどこにももとの面影はなかった。看護人は電燈を一層まぢかに近よせると、眼蓋を指でみひらかせた。灰色の瞳が一点を凝視し

「浜口さん、どうぞね（どうだね）？」

枕もとにかがみこむと、看護人はびっくりするほど大きな声で云った。

「浜口さん、浜口チカさんよ。東京から息子さんが来たぞね。あんたが、びっしり（しょっちゅう）云いよった息子さんぞね」

耳もとで、どなるように云うと、看護人は信太郎に眼を向けた。扱いなれた動物を、見物人のまえでいろいろに動かして、値ぶみをさせる商人の顔にみえた。

「あんたが何か話してやってごらんなさい。ひょっとすると気がつくかもしれませんよ」

男の、なかば職業的な声に、信太郎は命令されたように、その顔を母のそばに近づけた。汗と体臭と分泌物の腐敗したような臭いが鼻についた。しかし、その臭いを嗅ぐと、なぜか彼は安堵した気持になった。重い、甘酸っぱい、熱をもったその臭いが、胸の底までしみこんでくるにつれて、自分の内部と周囲の外側のものとのバランスがとれてくるようだった。いまは変型した母の容貌のなかに、まちがいなく以前の彼女のおもだちが感じられる。いつまでも子供っぽい印象をあたえていた額は渋紙色に変って深い縦皺（たてじわ）がきざまれ、ゴム鞠（まり）のようにふくらんでいた頬は内側からすっかりえぐ

とられたように凹んで、前歯一本だけをのこして義歯をはずされた口はくろぐろとホラ穴のようにひらかれたままだ。それに、あんなに肥って、みにくいほど二重三重になっていた頤の肉は嘘のように消えて、頤がそのままシワだらけの喉にくっつきそうになっている。けれども、いまは次第にそれらのものが、それぞれに昔からなじんだ部分部分のなごりを憶い出させてくれる……。だがそれだからといって、この母に何か話しかけてみる気にはなれなかった。というより母であることを感じれば感じるだけ、口をひらこうとするとギゴチなくなってしまうのだ。

すると男は、もはやあからさまにイラ立って、

「浜口さんよ、息子さんぞね……。わからんかね、息子が来ちょるぞね」と、母親の耳もとでドナリつけ、頭をふりながら、ことさらに失望の表情を示すと、「しようがない、どうしてこうわからんのじゃろう」

とつぶやいて、こんどは母の両手を取ると、はげしく上下に振りはじめた。母親の袖口から、ほとんど骨のままのような腕があらわれた。

「いいんですよ……」と、信太郎はなぜともなしに笑いながら声をかけた。

「いいんですよ、このまましずかに眠らせてやってください」

実際、信太郎は、自分がどうして笑うのかわからなかった。四十度ちかく発熱して、この数十時間、昏睡状態をつづけたままでいるはずの母は、耳もとで声をハリ上げられたり、体をゆすぶられたりしたために、ますます困憊して行くらしく、崩れたぼろ布のように横たわったまま、あらあらしく胸を波打たせていた。……こんなときに笑うのは多分、不謹慎なことだろう。そして自分でも、おかしがる心持はすこしもないのに、気がつくと、どういうわけか頬のあたりがほほえむようにムズがゆくなってくるのだ。これは一体どうしたことだ？

信太郎は口をむすびなおした。しかし心に何か落ちつかないものがのこった。彼は習慣的にタバコをくわえながら、病室内の喫煙が禁じられていることを憶い出した。だが、くわえたタバコをポケットにもどすのも面倒だった。

「どうですか、ひとつ」

思いついたように彼は、男にタバコの箱をさし出した。

「はア」

男は短くこたえると、小走りに部屋を出て行ったが、もどってきたときには灰皿の代用になる糊の空ビンを手にしていた。男のあとから父親の信吉が顔を出した。

信太郎は、あらためて男に向かいあいながらマッチを擦った。マッチの火に浮び上った男の顔をうかがうと、頬の白さで意外なほど若い——ことによると未成年者ではないかとおもわれるほど——ことがわかった。三人が一本のマッチで火をつけるために頭をよせ合うと、その瞬間、この病棟全体にみなぎっている異様な沈黙が、まわりからひたひたと押しよせてくるのが感じられた。

信太郎は、タバコをのんでいる父親の顔がきらいだった。太い指先につまみあげたシガレットを、とがった唇(くちびる)の先にくわえると、まるで窒息しそうな魚のように、エラ骨から喉仏(のどぼとけ)までぐびぐびとうごかしながら、最初の一ぷくをひどく忙しげに吸いこむのだ。いったん煙をのみこむと、そいつが体内のすみずみにまで行きわたるのを待つように、じっと半眼を中空にはなっている……。吸いなれた者にとっては、誰だってタバコは吸いたいものにきまっている。けれども父の吸い方は、まったく身も世もないという感じ

で、吸っている間は話しかけられても返辞もできないほどなのだ。
——この病院でも、患者たちは何よりもタバコに餓えている。だから看護事務室や医務室の灰皿は、いつ見ても洗ったばかりのように奇麗だ。ちょっとの隙を見すまして、誰かが吸いさしを拾って行くからだ。タバコだけ手に入れても、患者たちにはマッチが渡されていないが、彼等は丹念に石を擦り合せたり、天井に上って電線をショートさせたりして火を点ける。「まったくのところ、患者というやつは常人の及ばんことを考えつきますからね、われわれはもう油断もスキも出来んですよ」

若い看護人のそんな話をきくともなしに聞きながら、信太郎は父母といっしょに暮した鵠沼海岸の家のことを憶い出していた。終戦の翌年だった。父は階級章を剥ぎ取った軍服に、革製のふしぎな型のリュックサックを背負った姿で、南方から送還されてくると、屋敷の一隅で捕虜収容所の生活をはじめた。庭じゅうを掘りかえして、麦やヒエや雑多な植物をうえながら、門の外へは一歩も出ず、ひたすら外界との接触を怖れていた。収容所の中で縫装兵につくらせたというリュックサックには、洗面器と兼用になる食器だの、星型にひろがる蚊帳だのと、奇妙なものが収いこまれていたが、それらはすべて父親に

とって夕カラモノだった。一日に何度となく、その中を覗きこんでは仔細げに一つ一つ取り出して眺め、あらためてまた長い時間をかけて収いなおす。それがおわると、手製の水牛の角のシガレット・ホルダーに飯盒から取り出した「ほまれ」を差しこんで、惜しそうに少しずつカビ臭いけむりを吐き出すのだ。

手垢に汚れた竹の筒も宝物の一部だった。黒いゴマ粒大のものが入っていた。香辛料とタバコの種子だという。それは庭の畑にまかれると、ちょうど飯盒の中の「ほまれ」がつきるころ、真青な葉をしげらせた。父はその葉を二三枚ずつ摘みとると、縁側に並べて日に乾し、かわいたところを見はからって、パイプにつめては、れいによって惜しそうに一ぷくずつ胸の奥まで吸いこんで夢見ごこちに半眼を閉じた。ところが、それから二三日たつと、父は日に焼けた額に蒼黒い汗をうかべて寝込んだ。それまでは人一倍旺盛だった食欲もなくなり、二三時間おきに嘔吐した。母は医者を呼ぶために、なけなしの衣料を何点か売り払った。無収入の一家にとって、それは今後何週間か生きのびれるだけの食費にあたる金額だったが、吐瀉物のなかに焦茶色の血液に似たものが交っているので、放ってはおけなかった。……やってきた医者にも診断がつかず、結局一週

間ほどのちに病人はひとりでに回復したが、あとになって病気の原因が自家製タバコの吸いすぎであったことがわかったときには、安心するよりも腹立たしく、さらに滑稽でもあった。

「どうです、そろそろ休まんと、体がエラいでしょう」
タバコを切り上げた看護人が云った。先刻にくらべると、その口ぶりに親切さが感じられた。しかし、病棟の外に別の部屋が用意してあるからと云われても、信太郎は体をうごかす気になれなかったので、そうこたえた。すると、看護人はまた少し身がまえる様子になった。
「このぶんなら、今晩は大丈夫ですよ。何かあったら、すぐ知らせます。……東京から真直ぐこられたのなら、つかれなさったでしょう」と、その語調はねぎらうよりは、強制的に追い立てようとするひびきがあった。
「迷惑でしょうか。僕はちっとも眠くはないんですが」
眠くないのは本当だった。しかし、それよりも立ち上ることの方がもっと面倒だった。

「迷惑なことはありません」
 看護人はこたえながら、懐中電燈をもう一度、母の顔に向けると、枕もとにしゃがみこんで、しばらく考えこむそぶりをした。その様子から、たしかに彼が迷惑しているこ とがわかった。
「外から、鍵はかけるんでしょうか？」
 信太郎は、I市の精神病院に友人の妻君を見舞に行ったときのことを憶い出しながら訊いた。看護人はまともに答えた。
「いいえ、浜口さんの部屋には、もう鍵はかけません」
 蚊のうなる声が耳もとで聞えた。蚊やり線香を持ってきてもらえないものだろうかと訊こうと思った。しかしタバコが禁止されているのなら、蚊やりも止められているにちがいないと思いなおして、それはやめた。看護人は懐中電燈を片手に部屋の戸口に立ったまま、信太郎を無言で眺め下ろした。信太郎は壁に背をもたせ、床板に尻をついたまで云った。
「いいですよ、今晩はぼくがここで見ていますから、あんたは自分の部屋で眠った方が

「…………」

　看護人は何か云いたそうに脣をうごかしかけたが、途中からムッとしたように口を閉じた。廊下の蛍光燈に顔の半面だけが青くてらされている。信太郎は、はじめて自分の云ったことが、何かで看護人の心を傷つけたらしいと気がついた。――けれども、いったい何がイケなかったのだろう？　そのときだった、部屋の真暗なすみに黙然と坐っていた父親が不意に立ち上ると、
「信太郎、いいかげんにして、もう寝んか」と大声に云って、先に立って部屋を出た。
　一瞬、信太郎はそのはげしい語調に反撥を感じた。しかし、その直後に彼は突然、看護人や父親が、何かイラ立ち、何を怒っているかを理解した。彼等は、――おれが〝孝行息子〟ぶろうとしていると思ったのではないか？　一番おくれてやってきたくせに、いきなり前の席に割りこもうとして、せり出した肩を、無言でぐっと押しかえす、そんな強さが、黙って廊下を歩き出した父親の信吉のこわばった背中に感じられた。と同時に、廊下の両側にならんだ鉄格子のはまった小窓から、いっせいに声にならない唸り声が、

どっと自分に向って流れ出してくるような気がした。看護人が、しずかに、満足したようにウナズクのを見ながら、信太郎はスリッパの爪先に力をこめて父親のあとを追った。

翌朝、信太郎は海から上ってくる太陽の光で目をさました。病棟玄関の真上にあるその部屋は、海に向って大きく窓をひらいている。高知湾の入江の一隅に小さな岬と島にかこまれた、湖水よりもしずかな海は、窓の直ぐ下の石垣を、黒ずんで重そうな水でひたひたと濡らしていた。空は一面に赤く、岬や島を鬱蒼と覆いつくした樹木は、緑の濃さをとおりこして黒ぐろと見える。

窓の景色をながめたあとで、信太郎はもう一度寝床に入った。木の枠の上にタタミをしいた寝台は清潔で快適だったが、射しこんでくる朝日で部屋じゅうが真赤なので眠れない。しかし起き上ろうとすると、全身がだるくなってその気になれない。前々日の夜おそく、信太郎は友人と新宿の酒場にいた。背の低い、黒いロイド眼鏡をかけた男が友人に何か話しかけていた。彼等は肩を抱いたり、笑ったり、要するに上機嫌に、必要以上の親しさを見せ合っていたようだ。それがどうして、この男と争うことになったかは

わからない。気がつくと信太郎はコップのかけらを握っていた。考えられないほど細かく割れたガラスの破片が飛び散って、眉をひそめた女が何か云うと、それにつれて他の女たちは腰をかがめて右往左往していた。床に尻をついた背の低い男は立ち上って眼鏡を拭いた。眼鏡をはずしたその顔に善良そうな笑いがうかぶのを見ると、信太郎は自己嫌悪に頰の青ざめるのを感じながら外へ出た。友人があとから追いかけてきて、二人は別の店へ入った。黒いドレスを着た大きな女がやってきて、彼となりに腰を下ろした。「次の日曜日にどこかへ行こう」と云うと、女は承知したしるしに首を振った。分厚い胸をよせてきた。あけ方ちかく家へかえると、母の危篤をしらせる電報がとどいていた。……あくる日の昼間は旅費の工面に追われてすごした。夕方、やっと仕度のととのったところで、女との約束を憶い出し、わたされていたアドレスに電話した。女はアッ気ないほどあっさりと事の次第を了承した。考えてみると、「おふくろがキトクで、日曜日には行けそうもない……」というのは、いかにもこんな場合に使われる嘘の典型みたいなものだ。死にぎわまで、母が自分の色事に邪魔をしているのかとおもうと、おかしかった。実際、これまでにもイザというところで、母親が出てき

たために事がこわれた経験は何度もある。
前兆というものを、ことさら信太郎は考えようとしたわけではなかった。それに、この前々夜の行動はふだんのとおりではないにしても、特別に変ったことでもない。ただ、自分がいま疲れているということを憶い出してみただけだ。
さっきと較べると、射しこんでくる光線も、よほど赤味がとれていた。普通の朝の明るい日ざしに変った。しかし目をつむってみると眠れないのは、やはり前と同じだった。となりの寝台を見ると、父親がまるめた背をこちらに向けて眠入っていた。頸筋のふところ、いかり肩の、骨組のガッシリした背中だ。他人の眼からみると、信太郎はこの父親に似ているそうだ。顔立から体つきまで、おかしいぐらいソックリだという。母親のチカはいつもそのことを嘆いていた。──彼女は不思議なほど夫を嫌っていた。信吉のあらゆる点が自分の好みでないということを、何十年間にわたって誰彼の別なく話してきかせた。一人息子である信太郎はとくに、結婚式の当日に花婿の信吉の水色の紋服を着た姿がどんなにイヤらしいものであったかということだけでも、何千遍となく聞かされた。「なにしろ、あたしは見合ひとつせずに結婚させられたんだからね。式の日になっ

て、頭を青ゾリゾリに丸めた人が、首をカメの子みたいに着物の襟からつき出して、ノソノソこっちへやってくるのを見たときは、おおかた田舎の婚礼のことだからお寺の坊さんまで式に招んだのかと思っていたら、なんとそれが婿さんと聞かされて、あたしはほんとに、その場で逃げて帰ろうかと思ったよ」。父の生家は土地では旧家といわれているが、高知県下のY村だ、母は銀行員の娘として東京で生れて、大阪で育った。そんなクイチガイから出る不平も、母の信吉嫌いの中にあっただろう——。どっちにしても、自分も父が嫌いになったのは、この母の影響のせいにちがいない。父のすることなすことは、食べ物のこのみから職業のえらび方まで一切合財、ことの大小にかかわらず、みな好ましくないものとして教えこまれてきたのだから……。たとえば彼が父の職業を恥ずかしがり出したのは、こんなことがあってからだ。ある引っ越して間もない家で、信太郎は母と台所のとなりの茶の間でコタツにあたっていた。勝手口から御用聞がやってきて、母はコタツの中から応対していたが何かのことで御用聞が「おたくの旦那は軍人さんですってね」と問いかけた。ちょうど満洲事変のはじまって間もないころで、少年雑誌の読物やマンガに戦争物が人気をしめていたからだろうか、御用聞の小僧は父の階

級は何だとか、サアベルは何本ぐらい持つものかなどときいたあげく、
「旦那さんは騎兵ですか」と云った。
「そうじゃないよ」母はこたえた。
「へえ？　じゃ何です」
（獣医だ）と信太郎はこたえようとして、コタツの下から母の手で足をギュッとつかまれてしまった。そして母は、「さあね」と、急に冷淡な口調で母の手にこたえてから、信太郎の顔をじっと見て黙った。そのとき母の羞恥心が端的に息子の心にのりうつった。それは爪を立ててつかまれている足の痛みといっしょに、ヒリヒリと痛いような恥ずかしさを彼の心に植えつけた。と同時に、そんなつまらないことを恥じた母の態度がまた彼を傷つけた。それ以来、学校の調査カードや何かに、父の職業を「軍人」と書きこむだけで信太郎は落ち着かない心地がし、それは終戦になって職業軍人が消滅するまでつづいた。
　いつの間にかウトウトと眠入ったのだろう。入口のまえで立ち止る靴音をきいたとき、ギクリとして跳びあがるように、上半身を寝台から起こした。ドアを開けて入ってきたのは、ゆうべの看護人だった。昨夜とはまた感じが変って見える。細面の白い顔で、口

のまわりにウブ毛のような不精ヒゲがまばらに生えかかっていて、要するに何べん見ても年齢のわからない顔だ。フチなしの眼鏡のおくに、ふくらんだ眼球を無表情に光らせながら、寝台のわきのテーブルをその不器用な手つきで拭くと、アルミニュームの盆をガタガタいわせながら、その上に置いた。朝の食餌に弁当箱を運んできたのだった。味噌汁の碗、漬物の小皿、それに飯のつまったアルマイトの弁当箱が二つずつ並んでいる。飯は弁当箱のをそのまま食うらしい。

男が部屋へ入ってきたときから、信太郎はひどく落ちつかない気持だった。この男が食餌を運んでくれたのは、特別のサーヴィスによるものだろうか、それとも見舞客に対する単なる慣例なのだろうか？　そんなことが変に気になった。

これは患者の食べるものと同じものか、と彼は訊いた。

「そうです」と、看護人はぶっきら棒にこたえ、弁当箱のフタをとって逆さまにすると、なかへ煮えかえった番茶を注いで、

「どうぞ、ごゆっくり」とだけ云って、せかせかした足どりで出て行った。

食欲はなかったが、箸をとってみると、意外にもひどく空腹になって、手にずしりと

重い弁当箱の飯がいくらでも食えた。飯はしめり気があって、嚙むといくらか甘いような金属の臭いがする。ときどき冷く固りこんだ米が胸を内側から擦るように胃袋へ下りて行くのがわかった。

信太郎は、しかし一と握りほどの飯をのこしたまま箸を置いた。眼の前に父親が、弁当箱の中にまだ半分以上も残った飯をゆっくりと口にはこんでいるのを眺めていると、ふとまた得体のしれぬ不安がやってきたからだ……。ふだんから父は存分に時間をかけて咀嚼する方だ。ひと口ひと口、嚙みしめるたびに、脱け上った広い額の下で筋肉の活動するさまがハッキリ見える。乾いた脣のはしに味噌汁に入っていたワカメの切れはしが黒くたれさがっているのも知らぬげに、口は絶え間なくすごいて動いており、やがて嚙みくだかれたものが食道を通過するしるしに、とがった喉仏が一二本剃りのこされて一センチほどの長さにのびた不精ヒゲといっしょに、ぴくりと動く。まるでそれは機械が物を処理して行く正確さと、ある種の家畜が自己の職務を遂行している忠実さとを見るようだ。……そのときだった、父親はふと眼を上げた。眼と眼が合った。

「食わんのか？」

父は、信太郎を上眼づかいに見ると、弁当箱のフタから冷えた番茶をすすりこみながら云った。

「うん。……これでも、ふだんよりは、余計に食った」

「ふん」父親は額と鼻に汗のつぶを浮べながら、飯粒や黒い殻のよどんでいる茶を、もう一度口にふくんだ。「ここのメシは、なかなかウマい。米の質が、いいんだ。お前たち、東京の配給米ばかり食っている者には、こんなことを云ったってわからんだろうが……」

口の中で入れ歯の位置をなおそうとしているらしく、言葉の半分は聞きとれなかった。しかし、どっちにしてもそれは大して問題になるはずのことではなかった。ことによると父は、息子が両親を田舎において、一人だけ都会でくらすことについて話したかったのかもしれない。しかし、それもいまさら何と云われたって仕方のないことだ。

信太郎は寝台の上に横になった。その方が気分が落ちつくかもしれないと思ったからだ。しかし、結果はすこしも良くなかった。天井の漆喰が眼に痛いほど白くて、ニスと何か刺戟性の臭いが鼻についた。射しこんでくる日ざしの角度がにぶくなるにつれて、

暑くなってきた。日はもう海の真上にあって、なめらかな水面を黄色く照らしつけている。南側の窓から、患者たちが運動場へ出てくる姿が見えた。——そろそろ病室の方へ行った方がいいのではないかという気と、呼びにくるまで待っていた方がいいのだという気とが、交互にやってくる。そのくせ廊下に、ゴム底の靴の音が聞えると、なぜともわからない不安にギクリと胸を突かれる思いがする。結局、落ちついていられたのは、飯を食っていた間だけだということがわかった。だから、あんなに沢山食べられたのだ。

九時すこしまえに医者がやってきた。ノックされたドアの前に聴診器を持った男が立っているのを見て、信太郎はだしぬけに、

「いよいよダメですか」と訊いた。

医者は、とまどった様子だった。それから急に笑いだした。

「いや、ダメも何も、これから診察に行くところです。いっしょに来んですか」

彼は、きのう前任者と交替して、この病院へかえってきたばかりだと云った。医者は高知市にある本院から半年交替でまわってくるのだった。信太郎はこの男が好きになれ

そうな気がした。浅黒い顔に笑いをうかべるとき真白い前歯が二本、乾いた唇をかみしめる、その表情が淡白で率直な性格を想像させた。

医者は廊下を足早に歩いた。長身にまとった白い診察衣をひるがえしながら、立ち止って挨拶する患者に、短く、「おう、まだいたか」と声をかけたり、肩を叩いてやったりした。そんな態度は運動部のキャプテンをつとめる学生をおもわせた。この男の机の前には「威アッテ猛カラズ」といった標語が貼りつけてありそうだ——。炊事場のまえに集っていた患者たちが、とおくから彼の姿を発見するとパッと散るのを見ながら、信太郎はそう思った。

炊事場の横を曲ると、行手に淡いみどり色に塗られた鉄の扉が見える。そこからさきが重症病棟である。頸にホウタイを巻いた白い半ズボンの男が、肩で押しながら扉をあけた。きのうの甘酸っぱい臭いが、炊事場からただよってくる漬物の臭いにかわって、重苦しく軀のまわりを押し包むようにやってきた。廊下は急に暗く細くなり、鉄格子のはまった両側の小窓から、いくつかの顔がこちらを向いた。信太郎は一歩あるくたびに、体じゅうの関節がダルくゆるみはじめるような気がした。素裸で何か口ずさみながら部

屋の中を歩きまわっている小肥りの若い女、壁に向ってお辞儀をくりかえしている色の黒い男、床に体をなげだして本を読む老人、足音が近づくと彼等は窓の格子に飛びつくのだ。壁の色を反映した光線の加減か、一様に青ざめた爬虫類に見られるような顔つきだった。

母は昨日と同じく、口をあけたまま睡っていた。刈り上げた白毛の頭髪が、毀れた泥人形のように、つやを失った額や頬にかかっている。

医者の診察は予想したとおり、きわめて事務的なものだった。看護人のもってきたカルテに眼を落すと、患者の胸をあけさせて二三度、軽く聴診器を当てただけで立ち上った。

「熱は」

「三十九度一分でした」

「プルスが九十二、か……。そのほか別に変ったことはないか？」

「昨夜、見舞いの方が来られるまえにビタ・カンを一本うちました」

看護人とそんな簡単なやりとりのあとで医者は信太郎の方をふり向くと、微笑しなが

「東京から来られると、こちらは暑いでしょう」と云った。ひとなつっこい笑いだった。信太郎は首を振って、それほどにも感じない、とこたえたが、そのまま出て行こうとする医者ともう少し話をしたい気持で、母のかかった老耄性痴呆症とは、どんな病気かを訊いてみた。この男ならザックバランな話をきかせてくれるかもしれない。

「さア、われわれにも良くは、わからんですな」医者は腰に手をあてて、長身の体軀をそらせるように云った。「とにかく戦後、増えましたな、こういう病人が……」

身体の各部は健全なのに、脳細胞だけが老衰する。医学が発達して人間の寿命がのびるにしたがって、この種の患者が多くなった。現在ではアメリカでもっとも多く見られる病例である。と、そんなことを話した。信太郎は、いくらか失望した。彼は、運動競技のルールのごとくに明快に具体的な説明がきけるものと期待していた。そのような説明をあたえられれば、自分のいまおかれた位置ももっと架空で抽象的なものに変りはしないかと思ったからだ。

「ところで」と医者は訊いた。「ことし、おいくつになられますか、お母さんは？」

「いくつだったかな、五十……」

信太郎は突嗟の返辞に口ごもって、あとのこたえをアイマイな笑いで省略した。すると医者の顔からは笑いが消えた。信太郎は度を失いながら云いたした。

「五十八かな、九かな、満でかぞえて……」

しかし医者は、もはやその応答に何の興味もない様子を示した。白い前歯を覗かせていた口は不興げに閉じられて、浅黒い脂気のない皮膚が頬骨の尖った横顔を、削いだように近より難いものに見せている。看護人の目が眼鏡のおくで光った。信太郎はいまは自分がみじめなほど狼狽していることに気がついた。……問題は、カルテをのぞきさえすればすぐわかるはずの年齢を、何故彼がわざわざ訊くかということだ。信太郎は一年まえ、母をこの病院へつれてきたときに会った医者の顔を憶い出しながら、そう思った。

それは、いまいる医者よりもいくらか年をとった、色の白い丸顔の男だった。顔を合せている間、濡れた唇を絶えずほほえむように綻ばせながら、口をきくときは極めてものしずかに東京風のアクセントを使う。廊下を並んで歩きながら、病気や病院についてアタリさわりのなさそうな話をきかせてくれた。──「なにしろ永い病気のことですか

ら、ここにも自費で入院料をまかなっている患者は、めったにありません。ほとんどが医療保護をうけています。保護のワク内でやって行くとなると、食と住とでいっぱいっぱいで、衣の方は御覧のとおりのありさまで……」と彼は患者たちの服装の貧しいことを弁解するように云った。なるほど彼等の多くが身につけているものは端的にいえばボロ布であって、ほとんど衣服というには値いしないものだった。しかし、洗濯はよく行きとどいているようで、そばで見ると衛生的におもわれたので、信太郎はそうこたえた。このこたえに医者は満足したらしく、首をふりながら「いや、あなたのようにキチンと費用を払ってくれることを保証する人のいる患者がきてくれると、病院としてはじつに有り難い」と愛想のよいことを云った。信太郎はくすぐられているような気分から、話題をかえるために、「母のような病気にかかっている者が全国でどれぐらいいるものか」と訊いてみた。すると医者は愛想のよいほほえみを顔いっぱいにうかべたまま云ったのだ。
「それがサッパリわからんのですよ。外国の場合だと、老人だろうと何だろうと、すぐに入院させるのですが、こちらは家族主義というか、個人主義思想の徹底がたらんとい

うか、たいていは家へ置いて外へ出さんようにしますからね。ことに病気の性質から云って年寄りが多いものですから。……あなたのように」
　そこまで聞いて、急に信太郎は目のまえの廊下が無限にながく延びて行くのを感じて、一瞬間足をとめたのを憶えている。
　まさにそれはメマイをおぼえさせられるような困惑だった。何のための困惑であったかはわからない。ただ、黄色いワニスと、白い壁と、緑色の窓枠とにかこまれた長い廊下にへだてられて、いま母親をその部屋へ一人のこしてきた緑色の扉が、無限にとおく、小さくなって行くのを感じただけだ。……耳の底に、甘い、軽やかな、まるで楽器でも奏でるような声で「個人主義……、家族主義……」といった言葉がひびくのを聞きながら。
　その困惑が、不機嫌に圧し黙った色の黒い医者と、看護人をまえにして、いままた現れた。というより、それは絶えず、信太郎の周囲につきまといながら、おりふし油断を見すますようにアタマをもたげるのであった。
「六十ですね、お母さんは」色の黒い医者は索漠とした表情をおもてにあらわしながら

「ふつうは、いくつぐらいの人がなるんですか？」信太郎は会話のイトグチを見出した ことで、ほっとしたように訊いた。

「そう云われても、わからんですがね」医者はまた不興げに口を閉じた。

以前、ある大学病院の神経科の医者から、この病気は田舎の農婦などで、比較的頭脳をはたらかせることのなかった者が、ある年齢から脳細胞が急激に衰弱するために起るものだと説明されたことがある。しかし母の場合には、その説明はほとんど当て嵌まるところがなさそうだった。なるほど、夫の信吉は内地にいるときでも留守勝ちであり、生活を保証されて、息子と二人でくらすことの多かった母は、家庭の主婦としてはきわめて気楽なものだったにちがいない。だが、それは何も考えない生活というものとはちがうはずだった。原因はむしろ、そうした気楽なくらしと、戦後の逼迫したそれとのクイチガイ、それにたまたまその時期に生理的に変調をきたす更年期がぶっつかったことによるのではないかと思われた。

しかし、いま目のまえの医者に、そんなことを話してみても、母の病気について真の

原因を訊き出すことは、おそらく不可能であるばかりでなく、無駄なことにちがいなかった。医者が母の年齢について云ってみただけのことにすぎない。なぐさめでもなければ、挨拶でもない。ただ、これから病室を出ようというキッカケの合図にすぎなかった。そして、それが信太郎にとって弁解の余地もなく、現在の母親の年齢も知らない男ということになるわけだ。来るときと同じく、白い診察衣をひるがえしながら無言で部屋を出て行く医者を、信太郎は黙って見送るより仕方がない、心にとけきれない困惑を抱いたまま……。

なぜだろうか、子供のころから信太郎には郷里がある怖ろしい感じのものだった。アルバムをめくっていると突然、変にくろっぽい、陰影の濃い一葉の写真にぶっつかる。まんなかに黒い着物をきて支那風の椅子に坐った祖母、そのまわりに二列にキチンと並んでいる大勢の伯父や伯母や従兄妹たち。女の人たちは皆、手を袂のなかにかくして前で合せている。また彼と同じ年の従兄たちは三角形の長いマントを着せられて裾から足袋はだしの足をのぞかせている。そんな恰好は彼に、奇妙な古めかしい、貧しいものと

してうつると同時に、一種凄みのある雰囲気をもって迫ってくるのだった。父のところへは祖母からよく便りがきた。それには、今月はどこそこの方角へ出掛けてはならない、そちらにはイヌガミツキがいる、というようなことが必ず書きそえられてあるのだ。
「そんなことを云ったって、役所のある方角へは毎日、行かんわけにはいかんからな」と父は大抵、手紙は一度目をとおしただけでまるめこんで封筒へ収った。しかし母は、もう一度それを引っぱり出して読みかえしながら、ぶつぶつと文句を云って不機嫌な顔つきになる。……いまから考えると、その手紙の主旨は祖母が小遣い銭をせびるためのものだったらしいが、そのたびに起る父と母との間の暗黙の争いは、漠然と信太郎にはイヌガミツキという怖ろしげな言葉と結びついて考えられた。そして彼は、郷里の人たちの並んでうつっている写真をながめながら、（犬嚙みつき！）と、つぶやいてみるのである。
 すこし大きくなって、小学校の高学年のころになると、また別の意味で郷里がうとましくなった。父の任地がかわって、弘前の小学校から東京へ出てきて二た月ほどたった

ころだ。学校で自分一人が異った声で話しているような気がしはじめた。気がつくと、彼が話しだすと皆はだまってしまって、その話し声に耳をかたむけているのだ。彼は皆の話し声をマネするようにつとめたが、そのため話している間じゅう自分の口の中に舌が一枚余計に入っているようなことを意識しはじめた。彼が嘘をついて学校を休んだりしはじめたのは、そのころからだ。だから彼は、嘘は自分の言葉を意識することからはじまると確信している。それにしても家と学校とで言葉をつかい分けることは何と重い負担だったろう。せっかく憶えかけた新しいアクセントの言葉で話していると、大学生の従兄がやってきて、「おっと、信ちゃんは江戸っ子弁で話しよるの?」と、いかにもオウムの芸当に感心するような口調で云うのだ。

家の近所に同郷の人の家が二軒あった。その人たちは云いあわせたように、かわるがわる一年に何度も帰郷するのである。まだ小学校へも行かない子供が、小さなリュクサックを背中に負って、大小さまざまな荷物をもった隊商の最後尾についてヨチヨチ歩いて行くのは痛ましいほどだったが、その子の父親は、

「この子らァも、いまのうちにシッカリ高知を見せちょかんと、さきで故郷を棄てるこ

「とになりますすきに」

と、信太郎たちに向っては（お前たちのようにはなりたくないから）といわんばかりに云うのである。

どうして、そんなにまでして郷里をしたうのか？　それは何かしらの罪に値いすることになるのだろうか？　その一家の人たちを見るたびに、信太郎は子供心にとまどった。彼にとって、故郷は一つの架空な観念だった。知らないうちに取りかわされた約束がどうしても憶い出せないような、そんなイラ立たしい不安がいつもつきまとう……。そのくせ、「故郷を棄てる」という言葉は、聞かされると、それだけでもう自分が何か後暗いことをしているような気にさせられる。

そのとまどいは、いま母の病床をまえに、医者や看護人たちに対するときに感ずる困惑と、何とよく似ていることだろうか。

その日は、日のあるうちいっぱい、信太郎は病室で母親の枕(まくら)もとに坐っていることに

した。結局それが一番気持の落ちつく方法だとおもったからだ。看護人がそれを迷惑がるふうを見せることは、やはり昨夜と変りなかった。しかし、ゆうべ泊った海の見える部屋で待っていることが彼等をよろこばせるかというと、そうでもない。どっちにしても不機嫌を買うものなら、病人のすぐそばにいた方が好い。その方がまだしも、はるばる見舞いにやってきた甲斐があるというものだ。

畳数にして四畳ほどのその部屋は、周囲をすべて淡い緑色のペンキで塗ってある。床の面積に比較して天井がひどく高く、まわりは分厚いコンクリートの壁にかこまれているために、なかに坐るとまるで塔か煙突の中にいるようだ。板貼りの床は、片隅の三尺四方ばかりを砥ぎ出しの人造石でかためられて、便器がそなえつけられてある。廊下の外で看護人がコックをひねると水が中を流れる仕掛けである。コックを外につけたのは、そうしないと患者がコックをひねって便器の水を吞むからだという。しかし母は、この便器を長い間（あるいは全然）使用していないとみえて、白い陶器は乾いて、底にネズミ色のほこりが溜っており、黄色くなった新聞紙の覆いがしてあった。便器の横には、洗いさらしした古布が赤い布紐で束ねて積み上げられてある。それが母の「おむつ」につ

信太郎は床板に腰を下ろして、壁に背をもたせかけた。脚を前にのばすと、母の寝ているところにぶっつかるので、横にしていなければならないのが苦痛だったが、慣れるとそれは気にならなくなった。部屋の様子が殺風景なことは云うまでもないが、ある瞬間から居心地はそんなに悪くないように思いはじめた。どういうわけか、もう長い間、自分が棲みなれた部屋のような気がしてくるのだ。ふと自分もいつかこんな部屋をつくって住もうかと考えることさえあった。監禁されるということは、逆にいえば少しも体をうごかさずに暮らして行けるということだ。生涯をそんな風にして送ることは、それほど悪い生活ではなさそうだ。……厚味五寸ほどの扉は、下の床に接するところを一部分くりぬいてある。時間になると、そこから弁当箱に入った食餌を差し込んでくれるためである。中身は勿論、たいしたものではないにしても、それでも体をほとんど動かさずに暮らすのなら、その程度の体力を補給するだけのカロリーはふくまれているであろう。

　昼飯どきがやってくると、病棟にはやはりそれらしい活気がみなぎった。かなり離れ

た炊事場から、何か叫ぶ声が聞えると、それまで静かだった病棟のあちらこちらから、さまざまの物音がしはじめた。起きなおって毛布をたたみなおす音、はだしで部屋の中を歩きまわる音、背のびする音、そしておそらくはナマ唾をのみこむ音、そんなものおとが一つになって、食器のぶっつかり合う音や、運搬車の車軸やタイヤの音、樽の中で汁がゆれ床板にこぼれ落ちる音、炊事夫や看護人や軽症患者たちの呼びかわす声、などと交りあいながら、まるで嵐の中で草木のザワメキが不思議な微妙さで耳につくように聞えてくるのだ。

やがて、この廊下にも、入り乱れた足音と車のひびきがやってきた。看護人が扉から顔をのぞかせながら、

「食事はどうしますか。今朝の部屋へはこんでおきますか？」

と活溌な声で訊いた。それは彼が、きょうになってはじめて見せる明るい顔だった。せっかくの上機嫌をそこないたくはなかったが、信太郎は「食事はいらない」とこたえた。ふだんから一日二食にしていることをつけ加えて説明しようかと思ったが、看護人はすぐさま顔を引っこめたので、やめた。食欲もなかったが、なにぶんにもこの部屋を

うごきたくない気持の方が強かった。けさも食欲はなかったのに、食べはじめるといくらでも食べられたのだから、いまもきっと食べようとおもえば食べられたかもしれない。しかしその気になれないのは、けさは口を動かしてでもいなければ気分が落ちつかなかったのに、いまではその必要がないためだった。

午後になると、たいそう暑かった。窓から西日が射しだすと、せまい部屋には日光からの逃げ場がなかった。窓に何とか工夫をして日除けがつけられないものかと考えたが、釘の打てそうなところはどこにもない。コンクリートの壁に汗がたまって、緑色のペンキが溶けて流れそうにおもえるほどだ。暑さのせいか患者が一人、発作を起して、となりの部屋でさっきから叫びどおしだ。

「カンゴフサン、カンゴフサン。オベントウ、オベントウ。オナカガヘリマシタ、オナカガ……。カンゴフサン、カンゴフサン」

それは奇妙に、巨大な鳥の啼き声をおもわせる声だった。しわがれて、よくひびくその声は、どこの国のものともおもわれない不可思議なアクセントで、同じ言葉ばかりが

執拗にくりかえされた。
「おまさん、何を云いよるぞね。ごはんは、いンま食べたばかりじゃないか。そんなこと云わんと、はよう着物をきイて、ちゃんと坐っちょりなさいや。あんまりヤケを云いよると、また看護夫さんにヅかれる（叱られる）ぞね」

向い側の病室の窓から、中年の女が云っている。しかし信太郎には、その声の方がむしろうるさかった。このようにして患者たちは、あらそって看護人への心証を良くしようとつとめるらしかった。中年女のとなりにいるのは、老年の男だった。男子病棟は桜並木の別れ路を右に折れた方角にあるのだが、重症者だけは男子もこの個室の病棟に入れられる。しかし、この男のどこが良くないのか、外側からみてはまったくわからなかった。いつも寒そうに毛布にくるまった体を板敷の床に横たえたまま、まるで痛みをこらえるように額にシワをよせている。

看護人が廊下をとおるときに、起きなおって窓の格子ごしに顔を見せないのは、この男だけだった。あとの連中は、みんな思い思いに、挨拶の声をかけたり、神妙な顔で敬礼したりする。最初に病棟に足をふみ入れたとき信太郎をおびえさせた顔は、じつは彼等が信太郎を新しい看護人とまちがえたためのもの

だった。信太郎は一度便所に立ったとき、そのことを発見し、おかしくは思ったが、笑う気にはなれなかった。

母は睡りつづけていた。どういうわけか片方の眼蓋だけが半分ひらいて灰色の眼球を信太郎の方へのぞかせている。だが、視力は半年ほどまえから全く失われているのだ。胴体を暗緑色に光らせた大きな蠅が、鈍重な羽音をたてながら飛んできては、眼やにを滲ませた眼蓋や大きくひらいた口のまわりにとまったが、顔の筋肉はすこしもうごかない。しかし生きている証拠には荒あらしい呼吸音が規則正しくつづいている。

窓の外は、海に面した運動場だが、窓が小さいうえに壁が厚いので死角になって、部屋の中からは病棟をU字型にかこむ山の斜面の一部と、その稜線とが見られるだけだ。ただ、ときどき軽症患者たちの叫びや笑い声がひびき、見ると彼等は裸足で洗濯物を抱えこんだりしながら、何のためにか目のくらみそうな運動場を死にもの狂いのような速力で駈けぬけるのである。窓枠で四角く区切られたそんな光景はチカチカ光りながら、フィルムの切れかけた映画の一とコマをおもわせた。この病室からは、それは一個の別天地の場面として

眺められるのである。

　蠅は母の顔に執拗にまいおりた。払いのけて新聞紙で叩きふせると、床板に血の斑点をのこして潰れるが、そのときには次の一二匹がもう開かれた口のまわりで這いまわっている。しかし、これはある意味で信太郎にとっては有り難かった。蠅を追うことは一つの仕事になるからだ。信太郎は床の上で翅をやすめる蠅に新聞紙を近づけながら、ふと、三年まえの夏のある日、東京の街を歩いていた自分のことをおもった。暑さにけむるような街は白く乾いて、どこまでも続いており、どこまで歩くべきかを考えながら、茫然としていた自分のことを⋯⋯。

　そのときまで、すでに彼は連日、歩きまわっていた。鵠沼海岸の家をあと一と月ばかりで立ち退かなくなったころだ。引ッ越し料としていくらかの金が入ることのほかには立ち退いたあとのめあては、まったくなかった。さしあたって父と母とは父の実家へかえり、信太郎は東京で下宿をさがすより仕方がないわけだ。それが、どういうことからか、政府が貸しつける住宅資金で東京に家を建てて、親子三人がいっしょ

に暮らそうということになってしまった。住宅公庫の役人を知っている男がいる、その男にたのめば資金はラクに借りられる、という話を母がどこからか聞きこんできて、その男に会いに行く役目を信太郎がうけもったのだ。「四ツ菱産業」とかいうマギらわしい名前の事務所に男はいた。背の低い、顔も手も小さな男であった。手にすこし汚れた包帯を巻いており、話すとき人の顔を見上げるようにするせいか、額に黒ずんだシワがよった。最初に彼は信太郎に、手持の金はいくらあるかと訊いた。信太郎は正直に、いまはないが一と月さきに…万円ぐらい入るだろう、とこたえた。男は首をかしげて聞きながら「ま、いいでしょう。やってみましょう」と云った。

この男に連れられて行った最初のところは、かなりの大きさの銀行だった。ここでの用は簡単にすんだ。男は窓口で二た言、三言はなしただけで、ひどく丁寧に頭を下げると、ソファーに腰を下ろした信太郎をせき立てて、そこを出た。次の場所へ行くまでの間に、男は説明した。「——いいですか、相手は役人ですからね、頭をうんと下げにゃ、いかんですよ、頭を。頭を下げさえすれば相手は『うん』と云うものです」。しかし行った先きは役所ではなかった。土地や家屋の周旋屋だった。公庫の役人と知り合いだと

いう男は、そこにもいるのだった。その男が自転車にのって案内する場所へ、二人は自転車のあとを追って歩いた。しかし、行き着いた役所にアテにした役人はいなかった。

第一日目は、そのようにしておわった。次の日、また信太郎は四ツ菱産業の男につれられて役所へ行った。役人はまたいなかった。

「こうなったら、ねばるんですよ」と男は云った。

受附のそばで二人は待つことにした。十分ほどそうしていると、事務員の少女が、役所で職員との面会は許されていないから、すぐ引きとるようにと云いにきた。男は訊きかえした。「誰だね、そんなことを云ったのは？　その人の名前をおしえてくれないか」

少女は、Y……という名の人だとこたえた。すると男は、「ありがとう」と一言、少女に礼をいうやいなや、「Yさーん」と、大声をあげながらドアをあけて、なかへ勝手に入って行った。いきおいにつられて、信太郎もあとにつづいた。

男は、役人に早口にいろいろのことを述べたてた。天気のことや、お会いできてうれしいといったことから、自分に家族が何人いるかということなどを、息もつかせず述べたてながら、一と言ごとに頭を低く下げてお辞儀した。細面のヒゲの剃(そり)あとの濃い役人

の顔は、信太郎に小学校の担任の教師をおもわせたが、彼は横を向いたきり、ズボンの裾を膝頭まで引っぱり上げたり下ろしたり、かとおもうと隣の机で一人でしゃべったあとで、がいこと覗きこんだりしているばかりだった。……三十分ほど一人でしゃべったあとで、
「ではまた明日……」と、男は頭を下げて部屋を出ると、いきなり信太郎に、ねばるのはこれからだ、Yのやつに何とかしてコネクションをつけよう、そうすれば金が借りられる、と云った。そういうことになるかもしれない、と信太郎は男に口うらを合せた。
すると男は満足げにウナずいて、いま金を持っているかと訊いた。もし持っていれば今晩、Yに飲ませるといい、と云う。信太郎はいくらも持っていなかったのでそうこたえた。と男は、それではこれからYの帰りを待ちうけてYの住所を訊き出そう、訊き出せなければ跡をつけて自宅まで行くことにしよう、と云い出した。
……気がつくと自分一人が役所のまえの電車通りを横断しており、たのかもしれない。男は赤い立て札のある安全地帯で、こちらを見ながら肩をイカらせた姿勢で電車が走りすぎるのを待っていた。トラックとバスの合間を駈けぬけてやってきた男は、信太郎の顔を見上げると、憤慨した口調で、あんたは熱意がない、と云った。

「だいたい、あんたはお辞儀のしかたも知らないね。あんなお辞儀をするぐらいなら、そばにいてもらわない方がマシだ。……あんたはそれでも家を建てる気が本当にあるのかね。家ですよ、家。自分の家が建つか、建たないかというときですよ」と男は早口に云うと、ふき出した黒い汗に眉毛を光らせながら信太郎を見た。

信太郎は云うべき言葉がなかった。たしかに、自分には家を建てるつもりなどは少しもないからだ。しかし、それなら自分は何のために、この男とこうして焼けつくような街なかを歩いているのか？——自分は家など建てようとは思っていない。しかしそれは、そばにいるこの男がいくらか怪し気な人間に見えるためでもなければ、金もないのに無理な算段をしたくないためでもない。本当をいえば、自分はもう父や母といっしょには住みたくはないからなのだ。

それにしても、自分があんなに歩きまわったのは一体どういうことなのか？　信太郎はその翌日も、翌々日も、この男について日ざかりの街を歩いた。立ちどまって相談し、お辞儀をし、道を訊き、それからまた知らない男のまえでお辞儀をし、そんなことを日の暮れるまでくりかえしては疲れきって、きょうもまた徒労におわったことにホッとし

ながら鵠沼の家へかえる……。母は暗い顔で玄関に迎えに出る。「ダメだったのね?」と訊かれて、そうだ、というしるしに首を振るときは、なぜかやっぱり自分のこころも本心からがっかりしているのである。

日が暮れると、蠅はいなくなった。母の顔も壁の色といっしょに薄墨色のなかに溶けこんで、いまは額だけが円く、白く、浮き上って見える。父がやってきて、「交替しよう」と云った。交替という言葉で、別に誰かが病人の枕もとに坐っている必要はないのだということを憶い出したが、云われるままに立ち上って外へ出た。

海は相変らず、絵のような景色をひらいていた。波はおどろくほど静かで、正面に小さな丸い島が黒い影になって浮んでおり、右手には岬がなだらかに女の腕のような線を描いてのびている。そして左手には桟橋の灯がキラキラとまたたくのである。

それはまったく〝景色〟という概念をそっくり具体化したような景色だった。ほかには何ものも入り込む余地がなかった。一度見てしまうと、もはや眺めているということ

さえも出来ないものだった。信太郎は立ったまま、散歩する患者たちを見ていた。彼等もまた夕暮れの残光のなかにたたずみながら、その姿を景色の中にとけこませていた。湾の向うから、灯をつけた一隻（せき）の和船が近づいてきた。船には、この病院の従業員たちが乗っているのだった。いまが勤務の交替時刻なのだろうか、船の中で看護婦の白い帽子がゆれた。患者たちは岸辺に駈け出した。そのときだった、信太郎は突然、これらの患者が常人ではないということを憶い出した。そのことは彼を一瞬、愕然とさせた。

この驚愕が何であるか、彼にはわからなかった。自分がそれほどまでに風景に没頭していたということに対する驚きだろうか？　それとも、これらの患者たちのなかに狂気がひそんでいるということを感じ取ったための驚きなのか？　どちらともつかないままに、こうした場景の中から、彼は母を理解しようとしていた。

彼は、夕暮のなかに、ふところ手して立っている母の顔をおもい描いた。そこには子供のころから見慣れた数かずの顔があった。ながい石段をのぼって小学校の教師の家へ、いっしょに学業の不成績をあやまりに行ったときの顔、夏休みの学校の寮から前ぶれなしに帰ってくる息子を迎える顔、軍隊の病院へヒョックリ見舞にやってきて、空襲で家

が焼きはらわれたことを話す顔、鵠沼海岸の家をあしたは引き払うという日の顔、そして昨年の夏の夕方、Y村の伯父の家で門から玄関までを一人で無意味に往きつ戻りつしている顔……。それらの顔は、この憂愁にみちた風景を背後に置いて、みんな憶い出すのに大して手間のとれるものではなかった。けれども、それらをとおしてどの部分が母の狂気につながるものかを考えると、彼はただ混沌とするばかりだ。

　終戦の日から翌年の五月、父親が帰還してくるまでが、信太郎母子にとっての最良の月日であったにちがいない。信太郎は軍隊でかかった結核がなおらないままに寝たきりだったし、母親は白毛がふえた。けれども、ともかくもう戦争はおわったのだ。母は息子の病床につきっきりで看護にあたることができたし、信太郎は病院内にもつきまとっていた点呼や号令やさまざまの罰則から解放されていた。母方の叔父の貸してくれた鵠沼の別荘は、戦災で焼けた東京の自宅よりも、環境も住居も、むしろ快適だった。冬の日だまりの縁側で繕いものをひろげる母親と、寝ころんで庭をながめながらウス茶色の根をはった芝が芽をふくのはいつごろだろうと考えている息子とは、迂闊にも平和とは

このようなものであり、これだけでしかないのだと思っていた。「アスカエル、シンキチ」という電報のとどいたことも、それだけでは旅行からかえってくる夫や父を迎えるのと同じだった。翌日、玄関に立った信太郎は、顔を合せると、「やあ」とだけ云って恥ずかしそうにうつ向きながら、将官用の脚にぴったり吸いつく長靴を不器用な手つきで脱ぎ出す父を見たとき、はじめて得体のしれない動揺がやってきた。

日華事変の初期からほとんど外地ばかりをまわらされていた父親の信吉と、同じ屋根の下でくらすのは信太郎にとっては十年ぶりのことだった。それは奇妙なものだった。父親というよりは遠い親戚のようにも思えた。親戚の老人が上京したついでに、ちょっと寄ったという恰好だ。この感じは日がたつにつれて更められるどころか、かえって客に居坐りこまれたような気持にさえなってきた。親子三人が食卓をかこむと、暗黙のうちに母と信太郎とが組になって父に対峙するかたちになる。二ぜん目の茶碗をカラにした父は、首をひねって考えるそぶりで、「まだ、こんなにオカズがあまってしまって……」と、ひとりごとのように云いながら茶碗を持ち上げては、ジロリとこちらを盗み見て、それから自分の手を恥じるかのように、そっと手を引っこめてしまうのだ。信太

郎は、すでに街って親不孝ぶろうとするほど若くはなかった。けれども自ら芝居じみてくるのを意識しながら、「お父様」などと呼びかけて、そんなことは遠慮なさらなくても、と云ったり出来るほどには老獪ではなかった。結果として、父にも息子にも、たえがたい沈黙がやってくる……。父を何と呼ぶべきかについても一と苦労しなくてはならなかった。以前にはたしか、おとうさん、と呼んでいた。だが、それは自分が子供のころの習慣だったような気がする。「おやじ」、「むすこ」と、おたがいに呼び合うことができたら、どんなに爽快だろうとはおもったが、そうも行かない。土佐言葉に「おんちゃん」というのがあるのを思いついて、そう呼んでおくことにした。そんな生活がはじまって一と月ばかりたった或る日のことだ。三人がれいによって気まずい夕食の膳をかこんでいるとき、信太郎は母にツマらぬことで文句を云っていた。すると突然、父は信太郎に箸を投げつけた。「何だ、キサマのその口のきき方は」
その信吉の突然の一喝は、むしろ信太郎にとってのすくいになった。この一と言で、ともかく父を「おんちゃん」とは呼び得なくなったのはたしかだし、それは息子として振舞う目標の一つになるからだ。

いってみれば信太郎と母とは、父親の帰還ではじめて敗戦を迎えたわけだった。それまで彼等は、何の根拠もなしに自分たちは月給でくらして行けるものだと考えていた。実際、信吉がかえってくるまでは、これまでどおりに留守宅渡しの俸給が支払われていたために、毎月どこかから定った金額が入ってくるという習慣は、戦後もつづいていたのである。それが日がたつにしたがって、誤っていたとわかってくるにつれて、父親によせていた期待が根も葉もないことであることがハッキリしてきた。

毎日、父はほとんど一日じゅう庭にばかりいた。食事の間だけは家に上ってくるが、それがすむとまるで逃げ出すように庭に出て、何をしているのか、すっかり暗くなるまで上ってこなかった。雨の降る日も家のなかにはいないので、とうとう家じゅうに一着しかないレイン・コートを、わずかの間にぼろぼろに着古してしまった。

「お父さん、いったいどうするつもりだろう」と、ときどき母はそっと訊く。しかし、それは誰に訊かれたって、こたえようのないことだ。

信太郎は服飾雑誌その他の翻訳の下受けをやっていたが、家で寝ながらの仕事では、彼一人の配給物資を買える程度の金にしかならず、しかもそれだけが一家の収入のすべ

てだった。三四箇月の間に家の中のめぼしいものは売りつくされ、食い物にかわってしまったが、父は依然として朝から晩まで庭に出て、芝生を掘りかえしては、まるで花壇のような玩具じみた畑につくりかえているばかりだ。親子三人の食事はあいかわらず気まずいものだった。父の方は遠慮なしに何杯でもお代りの茶碗を差し出すようになったが、こんどは母が下宿屋の女中そっくりに勘定をはらわないで居のこっている客に対するやり方、つまり馬鹿丁寧にゆっくりとお代りの盆を差しつけては急に引っこめたりする方法をやりはじめた。一方、信太郎はなるべく少な目に食事を切り上げることで「節米」の模範を示そうとしていた。しかし、こうしたデモンストレーションには何等の効果もなく、父親は彼等の意図と反対に、ますます大食になって行き、その大食の原因である畑の労働に専念するばかりであった。ある日、母はとうとう、

「きょうは、お米はありません。お芋もありません。きょうの御飯はこれだけです」と、芋のツルだけを煮たものを黒い汁のたれる鉢に入れて食卓へ出した。

「よし、わかった」と父は云った。「Y村へかえって相談してこよう。三人が一年に食う米は三石もあればいいだろう。それぐらいのものは何とかなる」

これは父親が帰還以来、はじめて一家の首長らしい威厳を見せた言葉だった。Y村の実家というのは二百年以上もたつ古い建物だが、部屋数には充分余裕があったし、農地改革で削られはしたが、庭の畑とは比較にならない広大な田畑もある。——もっとも、いまでは信吉自身がなぜかこの職業をひどく嫌っており、以前この職業を恥じることを信太郎に教えた母親が、これに最大の期待をよせるようになっていた。「田舎の獣医さんはモウかるんだからね。お百姓は人間よりも牛や馬を大切にするから、いざそれが病気になったというときは、お米でもおモチでもどっさり持って、百里の道もいとわずに診察をたのみにくるそうだよ」と。……しかし、こうした期待は二週間ほどで、すべて失われることになった。かえってきた父親は手にニワトリを入れた籠を一つさげてきただけで、途中の汽車がいかに混雑をきわめたかということ以外は、郷里でどんなことがあったということも一と言も話さないのだ。——とにかく、ひどいものだ。坐ったまま便所へ立つこともできん。網棚の上にも人間が乗っている。坐っている人間の肩や頭にまで腰を下ろそうとする。あれでは母親が抱いている赤ん坊が窒息して死ぬのも当りまえだ。信吉は靴の

足跡のついた白い夏の上衣を脱ぎながら、まだ脅えている眼つきで云った。ところで信太郎たちが驚いたのはそんな話よりも、父親が大切そうにかかえてきた籠の中から取り出したニワトリが、ケタタマしい鳴き声を上げたかと思うと、いきなり縁側から庭に向って飛び出したことだ。おまけに籠の中には、まだ温い卵が一つ生みおとされている。

翌日から父は、庭の片隅にトリ小屋をたてることに熱中しはじめた。はじめは配給になった薪を材料にしていたが、さらに丸太棒なども買いあつめて、それはトリ小屋というよりは絵本に見るリンカーンの丸太小屋をおもわせる壮大なものになった。出来かけた小屋のまえで母と信太郎はささやきあった。「おやじ、この小屋をトリでいっぱいにする気だな。まさかトリといっしょに、この中で寝るつもりじゃないんだろうな。すこし、どうかしているんじゃないか」。「まったく、わたしはおもうよ」。……かえってから何日間にもなるのに、郷里の様子を訊かれるたびに父は、まるで宿題を忘れた生徒のように、「う」と云ったまま、眼をキョロキョロとあらぬ方へ向けて、だまりこんでしまうのだ。小屋の仕事の合い間には、脚をヒモで犬のクサリのようにつながれたニワトリが、

地面を爪で掻きながら餌をあさっているありさまを、じっといつまでも眺めていた。そして、そういうときの父の眼はだんだんニワトリの眼つきに似てくるようであった。はるばる土佐から満員列車の、しかも狭くるしい籠の中で生きのびてきたトリは、いまはもうすっかりこの家に居附いて、三日に一度の割で庭の芝生に卵を生みおとしたりしたが、小屋の完成した翌朝、中で死骸になって発見された。頸のうしろに猫の爪にかけられたあとがのこって、血がにじんでいた。父は固くなったトリを抱いたまま、しばらくは小屋の中に立ちつくしていたが、やがて裏の井戸端で、その毛を太い指先でゆっくりムシりはじめた。

……狂気について云えば、母よりもむしろ、こんな父の方にこそそのキザシがあるようにおもわれるかもしれない。そのころはまさにそのとおりだ。母はまだ健全だった。
ただ、それが崩れはじめる最初の要因は、そのころに築かれたものかもしれなかった。

……
信太郎は夜中にふと、自分の部屋から廊下一つへだてた座敷に枕をならべて寝ている

父と母の言い争う声に目を覚されることが、しばしばあった。カン高い母の声は泣いているようだった。そして、その声にからみつくように低くひびく父の声は、理由もなしに不気味なものを感じさせた。そんなことの幾夜かつづいたあと、ある夜ひと晩、いつもの言い争う声に目を覚されることなくすごした。翌朝、見ると父と母とは寝間を別にしていた。座敷には父の夜具がいつものとおりに敷かれてあり、となりの茶の間に母のふとんが死んだ蛇のように、よじれたかたちでのべられてあった。彼が母にあるウトマシさをおぼえるようになったのは、そのころからだ。

意味もなく坐りこまれるときは、ことにそうだった。母にすれば、寝ている枕もとに黙ってうしているにちがいないのだが、おもうまいとしてもそんなとき母の体に「女」を感じた。肥(ふと)ってシマリをなくしたその体が、毀(こわ)れかかった器の中の液体のように、不意にある瞬間から無秩序なかたちで流れ出してしまうことを想像させた。信太郎は、母の体温に自分の顔の片頬がホテってきそうになるのを感じながら、見るともなしに庭の方を見てしまう。そして父の、芝の根を断ち切ろうとクワを振り上げたり、ぼんやり立って空(から)

っぽになったトリ小屋を眺めたりしている姿が眼にとまると、はっとして自分がいま父の眼を盗んでいることに気がつく……。

ところで父は、一羽しかないニワトリを殺されたことで、すべてをあきらめたのではなかった。

その年の冬、叔父から手紙で家を立ち退くように云ってきた。もともとそれは叔父の別荘だった。いまはしかし彼の経営する工場の使用人たちの寮に、それが必要になったという。ちょうど焼けた世田谷の家の土地を売りはらったときに、その通知はやってきた。もう一度、高知へ行くことが考えられた。しかし父の実家で彼等を受け入れてくれるかどうかは、わからなかった。父がニワトリを一羽もらって帰ってきたまま、郷里のことを一言も話さなかったのは、それだけで援助が打ち切られるという風にも受けとられる。そうだとすれば行く先はどこにもないわけだった。そういう意味の返辞を、母が叔父あてに出した。——高知では一家を受け入れてくれるかどうかわからない、それに信太郎は病気で動かすことのできない体だ、せめて信太郎が旅行に耐えられるよう

になるまで、この家を貸しておいてくれないものか、と。その手紙に嘘はなかった。しかしそれ以上に、高知へかえるということを端的にイヤがる気持もあった。すくなくとも母は、そうだった。なぜなら、父が、
「では、しばらくここで、もう一度、トリを飼ってくらすとするか」と云い出したとき、真っ先に賛成したのは彼女だからだ。
ありったけの金をはたいて急遽、ニワトリが買いあつめられることになった。これは母がどこかで得てきた知識によるものだ。……新しい法律では、借り手がその場所によって生活を立てている場合には、貸し主はみだりに借り手を追いたてるわけには行かないというのである。屋敷内の地所が農地として登記されているということなども、彼女はしらべてきていた。だから小作人がたがやしている農地の払い下げを受けたように、この家の庭でトリを飼っていれば、立ち退かされるおそれはない、というわけだった。
「耕造のやつ、あたしが何も知らないと思って、勝手なことをすると、とんでもない目に会うんだからね」母はどこかで吹きこまれてきた知識に昂奮して、そう云った。そんなに大量のニワトリは近辺の百姓家から買い集めることは不可能だというので、父のも

との部下がいるという茨城県へ母と父とはその買い出しに出掛けた。二人がそろって門を出るのは、父が外地に出る以前から、めったにはないことだった。
この計画が、どんなに無謀なことか、現地に着くまで誰もそれに気がつかなかったのは、三人がそれぞれまったく異った考えをもっていたからだ。母はもっぱら何とかして鵠沼の家に居のこる手段として養鶏をかんがえたのだが、父にとってはトリを飼うことそのものが目的だった。そして信太郎は、そのどちらにもまったく無関心だった。彼に は、大小の竹籠をおびただしく手にさげたり背に負ったりしながら、いきおいよく門を出て行く老夫婦の姿が、単に滑稽な、それ自体に漠然とした不安のともなう光景としてしか、うつらなかった。熱っぽい蒲団の中で彼の頭にうかぶのは、実行には決してうつらないさまざまな自殺の方法や、それについての夢のような考えばかりだった。
父と母とは、翌々日の夜になってかえってきた。体じゅうにニワトリの入った籠をくくりつけた恰好は、すさまじいばかりだった。彼等は金にあかせて二十羽ほどのトリを買入れてきたのだ。ただ一羽でも多くと、そればかりに気をとられて、輸送の方法も何も考えずに……。二人の着衣は、父の軍服も、母のモンペの上下も、トリの糞にまみれ

ており、手や足の露出した部分は引っ掻かれた傷あとだらけになっていた。
「水、水……」
父は門を入ってくるなり叫んだ。籠から出したトリに、すぐさま水をあたえなければならないのだ。母はものも云わずに、トリの籠を肩からはずすと畳に横になったきりうごかなかった。ニワトリだけでも二人には手一杯の重量なのに、当座の餌になる雑穀類まで運んでこなければならなかったのだ。みちみち経済警察の眼を盗み、籠を破って逃げ出すトリを追いかけ、渡し舟や、列車や、電車を乗り次いで、ここまでたどりつくのがどんなに難事業であったかは、あくる日の昼ごろになってやっと起き出した母親の口から何べんとなく繰りかえして聞かされたが、道中の労苦は二人の憔悴ぶりを見ただけでもかなりよく推察できた。しかも、それは本当の労苦のやってくる前ぶれであったにすぎない。この計画の無謀さは、あとになるほど良くわかってきたのである。

運ばれてきたニワトリは、薪で作った小屋が完全なものになるまで、金網を張った縁側の下に収容された。途中で二羽が死に、翌日また一羽が死んだので、全部で十七羽が

飼われることになったのだが、誤算の第一はこれに要する飼料の費用がまったく考慮されていなかったことだ。父の計算では、これは庭の畑でとれるイモや、台所のあまりもので間に合うことになっていたが、実際にやってみるとそれはまるで違っていた。仮に一羽のニワトリに要する餌については正確に計量できていたとしても、それを十七倍したものは十七羽のニワトリにとっては充分ではないのである。雑居した十七羽のニワトリはいつも餌を争っており、そのためにあたえた餌の半分ほどは金網の外へ蹴散らされたり、地面のなかに埋まったまま溶けてしまったりするからだ。それに一羽だけなら台所のあまりものでタンパク質をおぎなうことができたが、十七羽では十七軒以上の台所が必要なわけだった。そんなわけで土地を売った残りの金の大部分はトリの餌代として急速に消費されて行った。秋から冬にかけての換羽期に産卵するのは、その年の初生雛か、よほど優秀な管理をうけたものにかぎられる。ところが百姓が手放したのは、ほとんど老耄しかけたものか、でなければ最初から、劣等な体質のものばかりだった。と同時にまえにもまして夫を憎みはじめて、いまは母はトリを敵視するようになった。

いた。彼女は夫が自分をダマしてトリを飼いだしたのだと思いこんだ。夫はもっぱらトリを飼うのが娯しみで、はじめから損になるのを承知で自分をウマくそそのかして買わせたのだと云った。「あの人ときたら昔から、おとなしい顔をしているくせに、自分のしたいことは勝手にやっちまうんだからね。ひとがどんなに困っても知らん顔で」。

……しかしトリもまた縁の下で絶えず争っていた。はじめは餌が足りないせいかとおもったが、そればかりではなく彼等はほとんど無目的に一刻の休みもなく争っているのだった。体力の劣った一羽が、いつも他の全部のものに狙われる。ときに昨日まで攻撃側でもっとも勢力のあった一羽が、二番目に弱いのが追いまわされる。すると、たちまち狙われて羽根をムシリとられ、トサカを食いちぎられて、ついには立てなくなったりする。ケタタマしい叫び声を上げて狙われた一羽が、逃げまどって悲鳴を発しながら縁側の下に頭をぶっつける音の、下から突き上げるようにひびくのは、なんべん聞いても憂鬱なものだった。「ああ、イヤだ、イヤだ。ごらんよ、お父さんを。このごろは顔までニワトリに似てきたじゃないかね」

するとそれに応ずるように母が叫びだす。

なるほど、そう云われれば食事のときなど、憑かれたような茶色い眼をみひらきながらトウモロコシ粉のパンを貪り食っている父の顔は、せきこんで餌を喉につまらせたトリが仰向いたときの顔に似ていないものでもない。

信太郎は石垣の上に立って海を見ていた。さっきから、かなり長い間そうやっていた。もう日が完全に暮れてしまってからでも大分になる。……暗い海面は、重そうな水で膨れあがりながら、生温かな空気であたりをジットリと浸している。そのくせ信太郎は奇妙に寒かった。脚や手をうごかそうとするたびに、まるで衣服の綻から風が入ってくるように冷いものが体のシンまでつたわってくる。同じ姿勢を長い間つづけていたために疲れたのかもしれない。まわりに人影のないことも空虚を感じさせた。

さっきまでは患者がいた。その中の一人と信太郎は口をききあった。患者と口をきいたのは、それがはじめてだ。相手をハッキリ異常者だと意識しながら話し合ったことも、母をのぞけば、おそらく最初のことだろう。しかし、ことさら「はじめて」というほどの奇異な印象はすこしもない。奇異なといえば、むしろあまりに当りまえすぎたことの

そのとき信太郎は、吸いおわったタバコを海へ棄てようとしていた。すると少しはなれた所で仲間と声高に話していた女が駈けよってきて云ったのだ。「そのタバコ、あたしにちょうだい」

信太郎はおどろいた。その声が、見掛けとちがって若い女を感じさせたからだ。まっくろく日に灼けた顔にウス笑いをうかべたところは何となく四十すぎに見えるが、声はたしか二十代だ。ほとんど原型をとどめないボロボロの着物を、赤い布のヒモでやっと軀にまといつけていた。信太郎は吸いガラは海に棄てて、新しいタバコを彼女にすすめた。

「いらんわ」と彼女は、タバコと信太郎を見くらべて云った。「いらんわ。あたしは吸わんのやもん。ひとに上げるんやもん」

彼女が嘘を吐いていることはあきらかだった。それで、「いいじゃないか。ひとに上げるぶんは別に上げるから、君はこれを吸ったらいい」と云うと、彼女はやっと手を出した。マッチを擦ってやると彼女は大切そうに火をかこった。一ぷく吸うと、仲間の方

を振りむいて笑い、信太郎に向きなおって、あんたは見舞いの人か、と訊いた。母を見にきた、とこたえると、彼女は急に打ちとけた。
「誰ぞね、あんたのお母さんは？」
信太郎は名を告げた。
「ふーん、浜口つぁん……」彼女は急に神妙な顔をした。そして「浜口つぁん、あれはエェひとやった。あれはエェひとや」と、くりかえして云った。
信太郎は笑った。彼女が常人でないことを憶い出さないわけに行かないからだ。すると彼女は顔を赤くして、はやくちに、
「そやかてエェひとやもん。エェひとのことはエェひとやと云わなあかん。エェひとやから、あてはあの人の洗濯をいまでもしてやりよるぞね。……びっしり（しょっ中）、歌をうとうて、あんなに可愛らし、エェひとはなかった。……げにも惜しことよ、まっこと惜しことよ、たまあるか、あんなエェひとを死なして」
それだけ云ったかとおもうと、タバコを二本――吸いかけの方と新しいのと――をしっかり握って、仲間の方へ駈け出して行った。

彼女の姿に信太郎は軍隊を憶い出した。それは団体生活の中にはどこにでもいるタイプの一つらしかった。ひとの好い二年兵で、何くれとなく面倒をみてくれるが、気がつくとときどき私物の包みから一つ二つ小さなものを盗んで行く。おそらく母は、あの女から病院内のシキタリや、ちょっとした生活の要領などを教えられたであろう。変った環境では何でもない細かなことがわからないで苦労することがあるものだ。その点、彼女のような女がそばにいてくれたことは有り難かったにちがいない。けれども、この夕暮れの広場に彼女たちと手をつないで歌をうたっている母親を想像すると、それはきわめて暗澹とした憩いの一刻であるようにおもえた。

歌をうたうことは母が得意にしたものの一つだ。この病院へ来てからも、他の昔の記憶は一切失っても歌だけは長い歌詞の最後までうたっていたということだ。信太郎は子供のころから母の歌で悩まされた歌詞の一つをおぼえている。「おさなくて罪をしらず、むずかりては手にゆられし、むかし忘れしか。春は軒の雨、秋は庭の露、母は泪かわくまなく祈るとしらずや」というのがそれだ。いわばそれは彼女のテーマ・ソングだった。どうかすると一日のうちに何遍となく繰りかえしてその歌をうたった。たぶんそれは半

ば習慣的、無意識のものだったにちがいない。だが、聞く方の信太郎にとって、それは無意識なだけに、母親の情緒の圧しつけがましさが一層露骨に感じられた。その圧しつけがましさのおかげでしばしば彼は、母親にとっていったい自分が何であるのか、母とは何であり息子とは何であるのか、問いかえしたい衝動を子供心におぼえたものだ。……けれども、いまや信太郎はあのタバコをせがんだ狂人の女によって、突然その情緒を了解したとおもった。要するに、母と子を結びつけているのは一つの習慣であるにすぎない。けれども、その習慣にはそれなりの内容が別に一つあるということだ。

海の向うに汽笛のふとく鳴るのを聞きながら、彼はまた昨夜の部屋へかえって眠るために立ち上った。

次の日も、また前日と同様、部屋いっぱいに射しこむ赤い朝日で目をさました。いったん目をさましてから、朝食がくるまでの間、うつらうつら眠ったことも昨日と同じだった。ただ気持は昨日とちがって落ちついており、自分がだんだんこの環境になじんできたことがわかった。朝食をはこんできたのは、色の白い看護人ではなくて、五十恰好

のカッポウ着を掛けた背の低い女だった。持ってきたものを並べながら、彼女は母の容態を訊いた。信太郎がおよそのことをこたえると、この女もまた「可哀そうに、好え人でしたのに」と云い、彼女自身も最近までこの病棟の患者だったことを語った。「ほウ」と信吉が顔を上げて云った。「それで、もうすっかり良いわけですか」

女は、そうだとこたえ、癒ったが家にかえってもすることがないので、こうして病院へ手つだいに来ている、家はK浜にあり、もとはそこで料理屋をやっていたが、自分が入院している間に店は売られてしまったと云った。話しながら、女は髪に手をやり、眼を窓の外の海にはなった。そういう動作のなかに、料理屋のおかみだったころの習慣がのこっているはずだった。化粧はしていないが、髪は油でなでつけており、その臭いが弁当箱のフタや味噌汁の中にまでついていそうな気がした。しかし父親は、この女に興味をもったと見えて、話題をさがしもとめるようにして話しかけた。子供はあるかとか、食いものでは何が一番好きか、とか云ったことだ。「ボクはねえ、むかしは煮たものがまったく嫌いだったんだ。それがねえ、戦地で兵隊のつくるものを食っとったら、このごろは何でも食えるようになった」。女は興味なさそうに、「へえ、だんなさんは兵隊さ

んで戦地に。へえ、そりゃごくろうさんでございました。わたしのイトコも上等兵で死にました」と窓を見ながらこたえている。「ほう、満洲はどこで、いつ亡くなられた?」父親は、口をすぼめて目をかがやかしながら、女の顔をながめて云う。けれども女の方は、もう何を話していたか忘れている。もっとも口ごもった信吉の声は、何を話しているのか、女にはよく聞きとれなかったせいもある。

信吉は、どこでも好人物だということでとおっている。親戚の間でも、同僚や部下たちの間でも、大学時代からの友人たちの仲間でもそうだ。そして、いってみれば彼は、その定評をまっとうするために今日まで生きてきたのである。つまり彼には他に、これといった特色は何もなかった。その風采や姿勢は現役のときでも退役将校が軍服を着ているように見えた。いまでは前歴が職業軍人だったとは誰も気がつかない。といって他の職業のようにも見えない。馬で出勤する夫を玄関で見送ってチカは云った。「まったく何て乗り方をするんだろうね。あれじゃ馬に乗るんじゃなくて、這い上ってるんだわ。近所の人に見られても、みっともない。あんなノロノロした人が、どうしてわざわざ軍人なんかになったんだろう。せめて坊主にでもなっときゃ、まだ恰好がついたのに」。

しかし、大陸での戦線がひろがってくるにつれて、その意見が変った。「あの人は軍人だからこそ何とか停年まで置いてもらえればいい方さ」。信太郎は、そんな母親の父についての判断が正しいものかどうかは知らない。ただ母親の言葉から、父のような男は人には好かれない、ことに女から好かれるようなことはまず絶対にない、ということを漠然と知ったにすぎない。そして、いま父の言葉に返辞をそらせて、眼を窓の外に向けて立っているこの髪油の臭いのする女にも、母の言葉を憶い出すのだ。

話の継ぎ穂を失った父は、とまどった眼をしばらく女の方に向けての眼を灰色にくもらせると、アキラめたように、うつ向いて弁当箱の飯を食いはじめた。そんな父にはふと、へこたれたオスが感じられる、そばに立ったこの五十恰好の小肥りした女に、つれないメスが感じられるように……。

信太郎は、けさもまたほとんど食欲がなかった。何に対するための義務か？　弁当箱の中の飯がアルミニュームの臭いといっしょに髪油の臭いがするためにか、この弁当箱と同じものが

廊下の床に並べられ一つずつ扉の下の小さな穴へ押しこまれるためにか、あるいは目の前にいる父親と女から眼をそらさなければならないためにか？　いずれにしても彼は、食わなければならないと思いながら、飯も味噌汁も漬物もあらかた平らげた。しかも食いおわったあとでは、胃袋が重くなるのを感じるばかりで、すこしも救われた気持にはなれなかった。

　早くも日中のような暑さがやってきた。いまごろはきっと、もう母の寝床のまわりは大きな蠅が何匹も飛びまわっているだろう。そう思うと彼は、蠅を退治することに奇妙な勇気のわくのをおぼえながら、まだ飯を食っている父と、それを片附けるために待っている女とを部屋にのこして、一人で病室へ出掛けることにした。

　重症病棟の渡り廊下にさしかかると、きのう扉のそばにいた頸にホウタイを巻いた男が、信太郎の前に立ちふさがるようにした。この男のことは、きのうから何となく気になっていた。頸のホウタイがすでにそうだが、五分刈にした半白の頭髪や、削いだような肉の落ちた頬に、頑固で神経質そうな性格がうかがわれる。軍隊なら内務係准尉によくある顔だ。口には小言も出さないかわり、あとでこっそり一人一人のすることを採点

して、すべて手帖の中に書きつけている……。男は信太郎の顔を見つめると、眉根にシワをよせて首を横に振った。それがどういう意味かまったくわからなかったし、別段この男に遠慮することはないと思ったので、そのまま通りぬけて病室のまえまで来た。そして、いきなり母がおむつを取り換えてもらったところへぶっつかったのだ。このことは彼の心持を、むしろ一瞬明るいものにした。看護人はおむつを下げて出てくると、「お早うございます」と笑いながら云った。廊下の突きあたりのドアから、昨夜タバコをやった女が顔を出しておむつを受け取ると井戸端へ走って行った。信太郎は笑った。そして頸にホウタイを巻いた男の顔は単に困惑した表情をうかべただけだったのだと思った。しかし次の瞬間、扉のかげから母親の姿がのぞいたのをみるとほもう一度、ホウタイの男の顔が何を云おうとしたのかわかったような気がした。母はほとんどまったくの裸体で、床板の上に腹這いに寝かされ、首を部屋の扉の方にねじ向けて、大きくみひらいた両眼でじっとこちらを見ていた。

「褥瘡の手当のすむまで、ちょっとそこで待っとってください」という看護人の声が追いかけるように、うしろから聞えた。と同時に病室の中に色の黒い医者や看護婦たちの

姿が見えた。彼は自分がひどく昂奮してくるのがわかった。……廊下の突き当りの鉄の扉が半開きになっており、そこから戸外の様子が見える。軽症患者たちが集って井戸のポンプを押しているのが、小さく、まるで望遠鏡を逆にのぞいたときのような不自然な距離をへだてて眼に映る。——「あんたは、向うへ行っとった方がいいですよ」病室の中から、もう一度、そう呼ぶ声がした。すると彼は、ほとんど反射的に病室の扉に近づいた。

足もとの床の上に母は寝ていた。顔はさっきと同じく扉の方にねじ向けたままだった。全身は、おどろくほど痩せており、医者の太いピンセットが瘡口からガーゼを引きずり出すたびに、背中ははげしく波打った。蓐瘡は左右の臀部と左の肩の部分にあって、左の臀部のものがもっとも大きく、直径十糎ほどに拡がっていた。「だいぶ、ひどいのをこしらえたな」医者はピンセットのさきにずるずると血膿に汚れて重そうに垂れ下るガーゼを、そばでも食うような手つきで引っぱり上げると、つぶやくように云った。こんなに大きな「床ずれ」が出来るのは、心臓が弱っているためだ。心臓の働きが弱って寝床に圧された部分

に血がかよわなくなると、その部分から果物のように腐りはじめる。だから一個所に蓐瘡が出来はじめたときは、もう他の部分にも出来ると思っていい……。医者は新しいガーゼをつめかえながら、そんなことを説明した。

「あ痛」

母は仰向きに体の位置をかえられると、荒い呼吸の中から突然、短く叫んだ。信太郎は母が口をきくのを、こんど病院へ来て以来、はじめて聞いた。

「どうした」と、医者は眼をさました子供に問いかけるように云うと、信太郎をかえりみた。

「気がついたらしい。何か云ってみんですか」

信太郎は口ごもった。膝をついて顔を近よせながら、何と云うべきか迷った。突嗟に彼は、演壇に上った男が聴衆のざわめきの中に思考が停頓しはじめる困惑をおぼえた。母は見ひらいた眼を天井に向けたままだった。しかし、その瞳孔のひらいた灰色の眼球のまわりからジワジワと泪がにじみはじめ、眼のなかいっぱいに盛り上ると、やがて乾いた渋紙色のコメカミの上を粒になって流れ出した。

「とにかく、まずベッドに寝かしたがいい」と医者は、しびれを切らしたように云った。命令されて看護婦たちは母の体をささえるために立ち上った。そのときだった。見えない母の眼は、あきらかに動揺して恐怖におののく色を示した。看護婦が手をさしのべると、痩せ細った腕をつかんだ。するとその腕は硬直し、小刻みにふるえた。

「痛いよウ、痛い……」

体は嘘のように軽がると持ち上げられ、藁蒲団(わらぶとん)のうえにしずかに置かれた。

「痛、痛、……」

母はつづけさまに叫んだ。瘡口が蒲団になじむまで、それはつづいた。胸は波打って、叫ぶ声の合い間に荒く短く全身が呼吸した。看護婦が信太郎に、手を握っていてやれと云った。云われたとおりに彼はした。すると、色の白い看護人が最初の夜のように、

「浜口さん、浜口さん、息子さんぞね。おまさんの手を息子さんが握っちょるぞね」と声をかけた。

しかし、母親は荒い呼吸の合い間から、「痛い、痛い」と云うばかりだ。信太郎は握った掌(てのひら)の中に、シワのよった皮膚に包まれて意外に小さく柔らかな掌があるのを感じな

がら、何か想い出すものがありそうだった。しかし記憶をたぐりよせようとすると、看護人の声が彼を戸惑わせる。

「息子さんぞね、息子さん……」

母の呼吸はいくらか落ち着きはじめた。彼女は眼を閉じた。部屋の外に足音が聞えて父親があらわれると枕もとに坐った。そのときだった、「イタイ……、イタイ……」と次第に間遠に、眠りに誘いこまれるようにつぶやいていた母が、かすれかかる声で低く云った。

「おとうさん……」

信太郎は思わず、母の手を握った掌の中で何か落し物でもしたような気がした。父はいつものうすら笑いを頰にうかべたまま、安らかな寝息をたてはじめる妻の顔に眼をおとした。

病室の中は、やはり暑かった。

外側の小窓は白くひかり、やがて日脚を床板の上にジリジリとのばしはじめるはずである。信太郎は壁に背をもたせかけ尻を床板についたまま、向いあった壁をながめていた……。病棟内部の壁はすべて淡い緑色に塗られている。窓枠も鉄格子も金網も、みんなそうだ。これは"緑色"が人間の心を落ち着かせる色だと信じられているためにちがいない。ペンキは何べんか塗りかえられたのであろう、ところどころ瘤になり、ねばりついた刷毛のあとらしいものが見える。分厚く層になった部分は、擦れて白っぽくなりツヤを失っているが、そのまわりには濡れたままのような光沢のある個所をのこしている。全体がにごった黄色味をおびて見えるのは、小窓から射しこむ外の光線のせいだろ

床から一尺ほどの高さのところが、黒く汚れ、二本のボカした縞模様になっているのは、その部分に患者の手や軀がもっとも多く触れるからにちがいない。垢と脂と油とが、こんなふうにペンキの中に滲み出たようになるまでには、いったいどれぐらいの時間と手数がかかるものだろうか。

　毎日あまり長い間、背中を壁に押しつけていたので、壁の厚味がひとりでに背中に伝ってくるようだ。砂とジャリと鉄の棒とが、なめらかなセメントの肌をとおして、貝殻骨のあたりにその重さが感じられる。……もう、この病院へ来てから半年以上もたった気がする。しかし、ずらせた背中が壁に当ると、その固い手ごたえが、つい昨日やって来たばかりのようでもある。要するに、今日も昨日も一昨日も、その前の日もずっと、この病室ではすべてのものがまったく同じだと云える。信太郎の膝の先には、母が口をあけたまま睡っており、刺戟性の甘酸っぱい臭いが部屋じゅうに重苦しく漂って、となりの病室からは鳥の鳴くような叫び声が聞えてくる。「カンゴフサン、カンゴフサン、マチマシタ、マチマシタ。オベントウ、オベントウ、マチマシタ。カンゴフサン……」

　窓に日除けのスダレを着けようと思ったのは、たしか昨日だ。日が射しこむと暑いば

かりでなく、睡っている母の口の中がすっかり見えるのがたまらなかった。何十時間もあけはなしに開いている母の口は、舌も上顎も奥の喉口まで乾き切ってヒビ割れたようになっており、唾液や粘液が黄色く段になってコビりついていて、水をよくふくませた脱脂綿で何度拭いてもとれないのだ。それはともかく、スダレを買いに出掛けたのが昨日だということをハッキリ憶えているのは、途中で出会った中年の婦人のためだ。
　あれは桜並木の坂路を下ったあたりであった。つまり病院をU字型にかこむ山の峠をこえたところだ。黒いパラソルを持った女が一人、ぽんやりした様子で立っていた。日ははげしく照りつけているのにパラソルを杖のように地面に立ててたま、真直ぐなスカートを着けた軀が棒みたいだった。信太郎はほとんど直感的に彼女が何をしているかを嗅ぎつけた。肉親の誰かを病院に置いてかえるところにちがいない。
　信太郎は彼女のそばを通りぬけるのが億劫な気がした。何か話しかけられたりするのが厄介におもえたからだ。しかし一本道を引き返す気には無論なれない。彼は病院の外の空気をはじめて吸ったばかりのところだった。木の葉のにおい、海のにおい、土のにおい、そういったものがどんなに素晴らしいものであるか、また全身にふりそそぐ太陽

の光がここではどんなに新鮮なものに感じられることか。これでもし母のことさえ気にかけなければ、まったく申し分のない遠足気分になれるわけだ……。しかし、やっぱり彼女は信太郎が近づくのを待っていたように話しかけてきた。この道を真直ぐ行けばK浜通いのバス道路へ出られるかという。そのとおりだとこたえると、彼女は下駄の歯で地面をえぐるように脚をよじらせながら、いま娘を入院させてきたのだと云った。
「泣きますの。たいへんに泣きますの」
「中学生がはじめて寄宿舎に入れられるときだって泣くでしょう」と信太郎は去年、母を入院させる日に看護人の云った言葉をおもいだして云った。
「いいえ、いまは注射で眠らせてございますの。でも、夜中になると泣きます。毎晩きまって泣きますの」
　五年前に彼女の娘は失明した。それ以来憂鬱症になって泣いてばかりいるのだという話だった。信太郎はかなり気をつけて聞いているつもりだった。だが注意して聴けば聴くほど、それは何となく腑に落ちない話におもえた。きっと話して都合の悪いことは省いてはなすためだろう。しかし婦人はともかく話したいだけはなしてしまうと、急に元

気になって歩き出した。日灼けした細面の額に大粒の汗を吹き出させ、息をはずませながら。

そのことし十七になるという娘が、いま手前どなりの病室に入っている。

「ここはどこでしょう。どなたも知った方がいらっしゃいませんが、ここはどこなのでございましょう」

昨夜、夕食のすんだ時刻にそんなツブヤキが聞え、それからしばらくたって彼女の母親の云ったとおり、すすり泣く声がしはじめた。はじめは低く、次第に高く……。けれども、それはやがて規則的な、とおくで聞く谷川のセセラギのような声に変ってしまった。

太陽が西に廻ると、いよいよ病室に強烈な光が侵入しはじめた。信太郎は立ち上って、もう一度スダレを窓に掛ける工夫をしてみることにした。……窓の鉄格子にヒモでスダレをくくりつける。昨日もさんざんやって失敗した方法だが、それ以外にはどうすることも出来ない。コンクリートの窓枠に垂直に植えつけられた鉄の棒は、丸くてつるつる

しており、それに窓の高いところは手をのばすと指に力が入らないので、結んだヒモはすぐゆるくなり、スダレの重味でそのまま滑り落ちてしまう。何べんやってみても同じことだ。結局、何べん目かに偶然、斜めになったスダレが上から三分の一ばかりのところで二本の鉄の棒の間に止ってくれたので、そのままにしておくことにした。……部屋はそれでも、よほど暗くなった。いまはイビツな多角形に切り取ったような光が掌を二つ並べたほどの大きさで、睡っている母の腹の上あたりにこぼれ落ちているだけだ。しかし、もとの場所に坐りなおすと、甘酸っぱい臭いが気のせいか、窓をふさがれた部屋いっぱいにこもりはじめた。

何べん嗅いでも、これは厭な臭いだ。屍臭というのともちがって、たとえば猫の尿と、腐ったタマネギと、煮え立った魚のアラの臭いをいっしょにしたような、一種独特の臭気である。はじめ信太郎は、それを収檻された動物（けだものであると人間であるとを問わず）に特有の臭気かと思っていた。けれどもいまは、その臭いのいくぶんかは蓐瘡の治療のときにつかわれる薬品のためであることがわかった。……堪えがたいその臭気のなかで信太郎は、糜爛した母の軀のあちこちの瘡口や膿に濡れたガーゼをおもいだす。

と同時に、あのとき母の口からもれた「おとうさん」という声が頭にうかんだ。それは彼にとって信じられないほど不思議な出来事だった。——あれ以来、自分は一言で三十年失望とそれに見合う安堵とを感じているにちがいない、なにしろ、あの一と言で彼には間ばかりも背負いつづけてきた荷物が失くなったはずだからだ。しかし実際には彼には何の感慨もなかった。ただ、いかにも不思議だという印象があるばかりだ。あのとき、色の白い看護人がちらりとこちらを見て、うすい髭の生えた口もとに笑いをうかべたように思う。それから一瞬、部屋じゅうの人が沈黙した。看護婦たちは女らしい情緒的な眼差しで老夫婦の顔を見まもった。それにならって信太郎も父と母との顔を見較べた。母は見えない眼を父の顔に向けていた。父はその顔を見下ろしながら、頬に笑いをうかべた。二人ともひどく日灼けした顔に見え、そのことが信太郎に、何か差し迫った感動のようなものを覚えさせた。父の頬から口もとへかけての深い皺が光線のかげんか光ってみえ、母の瞼は泪をながしたあとなので赤くなっている。どこかで溜息のもれるけはいもした。そのときだった。突然大きな嚏の音が聞えた。医者だった。彼は白衣の下からとりだしたハンカチで乾いた音をたてながらハナをかむと、「お、行こう」と号令を

下すように云い、長身の背を戸口でちょっとかがめながら、大股に部屋を出て行った。部屋は不意にまたざわめきたち、看護婦たちは度を失ったように医者のあとを追った。
……信太郎は一時、茫然とした。彼にはすべてのことが、ただ不可解であった。という
より、暑さと疲労も手伝って「わかりたい」という気力がまったく欠除してしまい、そのくせ妙に割り切れない不安な空気を身のまわりに感じた。——医者はなぜ、あのようにワザとらしいほど大きな嘆を発したのか？ いまになれば、いろいろのことが考えられる。この大きな病棟を一人で受け持っている医者は、一つの個室に無意味に長くとまってはいられないという事情もあるだろうし、また患者と家族の演ずる感傷的な場面に巻きこまれたくないという気持がはたらいていたともかんがえられる。たしかに、あの場の雰囲気には他の患者たちに反感をおぼえさせるほどセンチメンタルなものがあったかもしれない……。しかし、そんなこととは別に信太郎は、この医者が自分たち一家を何となく嫌っているのを感じた。すでに医者が自分たち一家を嫌っているとは前から感じていたことだが、いまは自分たち一家の全体が、なんとなくウサン臭い、なんとなくイカガワしげなものとして、彼の眼にうつっているように思われる。

養鶏の目算が完全にはずれてしまってからも、父は依然として家の中の庭にばかりいた。母はいろいろのことをした。近所となりの洗濯物にアイロンをかけることから、闇物資のブローカアの手伝い、家の一部を美容師兼マッサージ師に貸して自分も客の頭髪を洗ったり、怪しげな手つきで肩や腰をもんだり、等々。無論、どれもウマく行くはずはなく、生活は極めてあやうかった。一方、確実にやってくるのは、家の「追い立て」だった。……家はすでに叔父の手から、いつの間にか第三者の手に渡っていた。突然やって来た叔父が顔一面に笑いをうかべながら、赤黒い顔の男を、わたしの友達だ、と紹介して、一人でさきに帰ると、残ったその男が新しい家主であった。その後、男はさまざまの手段で、家の明けわたしを要求してきた。すると母は、またしてもどこかから得てきた新しい知識で対抗策をこうじた。「ふん、あんな男が家主なものかね。あれは耕造の手先にきまっているよ。自分では云いにくいものだから、あんな男を使って。ダマされてたまるものか、耕造らしいヤリ口だよ。あの子はむかしから陰険だった」と母はイキまいて云った。けれども、そのころから母の眼つきは

変ってきた。眼玉のなかにもう一つ眼玉のあるような妙な光り方で、それが絶えずキョロキョロとうごき、ふと追いつめられた犯罪人をおもわせた。

一日一日が、ぼろ布をつづり合せるような毎日だった。朝はやく家を出た母は、夜十二時すぎの最終電車で、背中にサッカリンやアジノモトの荷物を負ってかえってくると、炬燵のヤグラにうつ伏したなり、そのまま寝こんでしまったりした。女手のない家の中は次第に乱雑をきわめてきた。蒲団はほとんど一年じゅう敷きっぱなしだし、押入れから引き出されたものは畳や床の間の上に置かれたまま、やがて部屋じゅうが下着や靴下や雑多なものでうずまったころ、こんどは空っぽになった押入れに順序も見境もなく、ゴミ溜にゴミ屑を入れるように一切合財がほうり込まれるので、茶簞笥のなかにノコギリが入っていたり、押入れの中から食いかけのトウモロコシ粉のパンや、綿屑やホコリがいつもころがり出したりする。天井からはクモの巣が幾重にも垂れ下り、部屋の空気はぼんやりカスミがかかったように見えるのだ。そんな中で、父は七輪に松葉をくべてトリの餌にする魚のアラを煮たてたりしながら、自分が南方から持ちかえった品物だけは、チガイ棚の上にきちんと屯営の整頓棚を見るよ

うな奇妙な丹念さで片附けている。家全体が疲労の色に包まれ、日常生活のあらゆるディテールは混沌として、無秩序にくっつき合いながら重苦しく、熱っぽく流れて行った。

「こんな生活をいつまで続けて行くつもりか。どうしてY村へかえって本家の世話にならないのか」と、まだ縁の切れていない親戚から、ときどき訊かれて。

「家主」の男は、最初のころは月に一度は必ずあらわれて、凄みや悪態を並べていった。しかし、やがてそれは二た月に一度ぐらいの割合になり、だんだんに間遠になって、最後には半年ほどもまったく姿を見せないでいたが、ある日ヒョックリやってくると、むしろ手持無沙汰であるかのようにトリ小舎の中をのぞきこんだりしたあとで、ためらいながら廊下の端に腰を下ろし、「いや、わたしもこんな仕事はつくづくイヤになりましてね」と、家の中をながめまわして帰った。

男が帰って一週間ほどたったころ、めったにやってきたことのない郵便配達夫が、茶色の封筒に入ったものを置いて行った。裏返えすと「横浜地方裁判所」と、黒い活字が

ならんでいた。

信吉たち一家は、家屋不法占有で告訴された。

母は顔色を変えた。彼女はもはや「新知識」を得てくるわけには行かなかった。無論すぐさま相談には出掛けたのだが、「これは本裁判だ。だから法律の手続上、正式の弁護人を依頼しなくてはいけない」と云われただけだった。じつは彼女の「新知識」の供給者は、耕造があらたに依頼した弁護人から既に云いふくめられているのだった。彼は、自分はこの問題にこれ以上たち入るわけには行かないから、同じ仲間の友人を紹介しよう、と云った。紹介されたその男のところへは、信太郎が母といっしょに出掛けることになった。

その日、信太郎は頭がすこしふらふらした。いくらも歩かないうちに道ばたで坐りこみたいような気持だった。彼にとっては乗物にのって外出するのは、一年半ぶりのことだった。しかし疲労は病気のせいばかりではなかった。何となく「行きたくない」という気持があった。ふだん自分は父親と同じようには断じてなりたくないと思っている。

しかし、これから知らない場所の、知らない家へ、知らない男と会いに行くことを考えると、いまさらのように父親が外出を嫌い、就職の依頼になど絶対に行けないという心持が理解できる気がした。一方、母親はもっぱら告訴状のなかで自分がこれまでとはすっかり変ってしまったことのために脅えていた。彼女はそれによって、自分がこれまでとはすっかり変った人間になるのだと思いこみ、やがては前科モノになるとかんがえるらしかった。「いいんだよ、あたしは、牢屋に入って寝ていられれば、その方がいまよりよっぽどラクだから」と、爪先き立ってセカセカと歩きながら、そんなことを云った。

ところで信太郎は弁護士というものについて、なんとなくマルマルと肥った顔の男を想像していた。しかし、また革新派の党員であるということからは、面長の蒼白な顔つきもかんがえられた。しかし、世田谷の焼けのこった路地奥の家でたずねあてたその男は、これという特色もない、半白の頭髪の、皮膚につやを失った、ありきたりの中年男だった。そんなことのためだろうか、信太郎は彼と対坐すると気楽になった。とおされた玄関わきの洋間は六畳ほどのタタミ敷で、彼と信太郎母子の間には茶色の布をかけた細長い中学生の勉強机のようなテーブルがあり、正面の小さな本箱の上に大理石の模様をつけた

置時計が一つ乗っているのが、ひどく目立った。どこかから便所の臭気止めの薬のにおいが陰気にただよってくる。信太郎は天井にシミのついているのをながめながら、なにげなく云った。
「戦前からのお住いですか？」
「いえ、わたしは満洲から引き上げてきたので、いまは兄の家で同居です」と弁護士は何度も訊かれたことをこたえるように云った。

一体この家のなかに何人の家族が住んでいるのか、信太郎は玄関のタタキに脱ぎすてられたゴムやズックの破れた靴を思いうかべると、自分が余計なことを訊いてしまったことに気づいて、口ごもった。弁護士も無言で、神経質そうに爪を短く切った指で茶色のテーブル掛けをなでた。母が訴状を取り出してわたすと、弁護士は第一ページ目をめくり軽く眼をとおすと、そのまま二つに折ってテーブルの上に置いた。不意に信太郎は落胆を感じた。——この訴訟には勝味がない。弁護士が何も云わないさきに、そう思った。

母は事情をのべはじめた。俯向いた小声で、女に特有のまわりくどい云いまわしが多

かった。テーブルにふれた弁護士の指がまたうごきだした。
「こういう問題は厄介ですね」
　弁護士の声に、母はびっくりして顔を上げた。彼女のはなしはまだ半分も行っていない。戦争中、耕造がいかに金をもうけ、自分はいかに有形無形に弟を援助したかということにさしかかったところだ。
「ダメですよ、これは」弁護士は念を入れるように云った。
「と申しますと」と、母は訊いた。
「ハッキリ云いましょう。つまり、あなたがたは他人の家に入ってくらしている。家賃は払ったといっても、いまどき月に五十円やそこらではタバコ代にもならないことは、ご承知でしょう。いくら法律が新しくなっても、これは通用しません。なるべく早く家を出られて、訴訟を取り下げてもらうべきでしょうね。訴訟が長びくとそれだけ費用がかかるし、いずれその費用は全部、あなたがたの負担になる……」
　母は、もはやユメを見ている顔つきになった。鵠沼で、いつも相談にでかけて聞かされる話とは、まるで異っているからだ。やがて俯向けた顔のコメカミのあたりが充血し

赤くなって行くのが、はたから見てもわかった。額の皮を吊り上げ、頤が喉につかえるほど頭を垂れると、彼女はもう一度低い声で、こんどは毎日の生活の苦しいことを訴えはじめた。しかし弁護士は古びたテーブル掛けを撫でながら横を向いたままだった。彼女は続けた。家賃の五十円は耕造と彼女との間でとりきめたもので、終戦前後の物価ではそう法外に安くはないということ。息子の信太郎は軍隊でかかった結核がなおらず、働く能力がないこと。空襲で家を焼かれたときは、彼女は耕造の家族や荷物を疎開させるために留守にしていたこと。あのときの火は家のすぐ後で止ったのだから、もし自分が居残っていたら火を消しとめられないものでもなかった、と説明しながら彼女は云った。——「たくが軍人だったものでございますから、耕造はそれを利用して軍部に近づきたがりまして、何かというとわたしを呼びよせました……」

そのときだった、テーブルの上を撫でていた弁護士の指が急にとまった。

「ご主人は、軍人さん？」

母は昂然としてこたえた。「はい、陸軍少将でございました」

弁護士の顔からイライラした表情が消えた。彼は頬を微笑するようにゆるめると、眼

をかがやかせ、こちらの顔をのぞきこむようにして云った。「ほう軍人さん、ほう中将……。それでは戦争中はよかったでしょう。いま苦労なさるのは、その反動じゃありませんか？……とにかく、ぼくはこの事件には手をふれたくありません。よそへ行って他の弁護士を御依頼になるなり何なり、どうかあなたがたの良いと思うようにやってください。お判りにならないことがあっても、もうこれ以上、おこたえすることはありません。さっき申し上げたとおりになさるのが一番いいと、ぼくは考えます」

信太郎は頬に血が上るのを感じた。どうしてそうなるのかわからなかったが、たぶん恥ずかしかったためだと思う。しかし、やがて或るおかしさがこみ上げて彼は笑い出した。――彼は忘れていた人物にひさしぶりで出会った心持だった。歩いているバス道路の片側に、黒く焼け爛れた兵営がつづいている。信太郎が小学生のころ、父はこの聯隊に隊附獣医でつとめていた。さむそうに肩をまるめてタテガミにしがみつくような恰好で馬に跨りながら。だが、そんなことをあの弁護士がどうして知っている必要があるだろう。彼にとっては、いかがわしげな依頼者の職業が軍人であり、少将（一つぐらい階級をまちがえることは何でもない）で

あったということだけで充分なのだ。……それにしても自分が父の職業に屈辱をおぼえるのは、なんとひさしぶりのことだろう。父が帰還して、すでに四年たつ。その間に自分たちは、それまで父の俸給によってくらしていたということをすっかり忘れてしまっていた。敗戦で「軍人」という職業が消滅したのだから、自分もそれを忘れていいはずだと、こころのどこかで考えていたことを、いまやっと弁護士の冷い眼差しのなかに信太郎は憶い出したのだ。内股にヒリヒリしみながら小便が流れおちて行くのを我慢するような恥ずかしさ。——君のお父さんは何？　おしえろよ、いいじゃないか。——ジュウイってのは馬のお尻から手をつっこんで、体の具合をしらべるんだってね。——あいつのそばへ行くな、馬の病気がうつるかもしれない。

医者の大きな嚔が信太郎に憶い出させたのは、この弁護士の冷い眼差しだった。無論この二人の人物の間には何の関連もない。弁護士は信太郎たちの弁護を拒否したが、医者は以前の医者から引きついだ母の軀をみてくれている。けれども、出会ったとき何となくこちらがウサン臭い者になったような気にさせられるのは、どういうわけだろう

か？……ある夕刻、信太郎はこの医者が患者たちとキャッチボールをやっているのを見ていた。長身の医者が小さなマリを持ちあつかって受けそこなうたびに、患者たちはよろこんだ。医者は笑って「ドンマイ」などと叫びながら、拾ったマリを大きなモーションで投げかえした。が、廊下の窓から首をつきだしている信太郎を認めると、医者は急に笑いやめて、二三度まともにマリを投げただけで、そのまま病棟へ姿を消した。

もっとも、思いすごしということは勿論かんがえられる。たとえば頸にホウタイを巻いた男については、信太郎はかなり滑稽な思いちがいをしていた。蓐瘡の手当てを受けている母の病室へ行こうとした信太郎を、無言で、引き止めたのはこの男だったが、彼はいつも無言なのだ。信太郎が廊下をとおると黙ってあとからついてきて、ホウキとチリトリで人のとおったところを掃き浄めて行く。窓に日除けを取りつけたときも、そうだった。信太郎の不器用な手つきを、眉をひそめて見ているので、そんな不恰好なものを着けるのはよせとでも云うのかと思っていると、そうでもない。ただジッとひとのすることを見まもりながら、神経質に二三度、首を振っただけで、ひっそりと足音をしのばせるような歩き方でいってしまう。そんなことから信太郎は、この男に絶えず見咎めら

れている気がするのだ。ことによると患者にタバコをあたえたことも、この男は知っているかもしれない。母の病床の傍で、脚を投げ出しながらタバコを吸っていると、鉄格子の窓からこの男の顔が覗いた。何か云いたいことでもあるのか、訊いてみるつもりで信太郎は心をきめて立ち上ると、そばへよった。すると男は、眼に狼狽の色をうかべ、はげしく手を振った。……啞かもしれない、と信太郎は瞬間的にそうおもった。しかしそれにしては、患者や看護人たちとこの男が話しこんでいるのを何度か見たことがある。そんなとき彼は腕を組んで、耳をかたむけながら仔細げに首を振ってウナずいている様子だった。……男が苦しそうに口をうごかした。そのとき、信太郎ははじめて彼の頸のホウタイにガラスの管が差しこんであることに気がついた。男は手に扇風器をもち、必要ならしばらくの間貸そう、と云っているのだった。

信太郎は暫時ためらった。自分の見当ちがいを恥ずかしくおもう気持もあったが、突嗟に何も彼もが理解できなくなってくるようでもあった。あらためて見直すと、男の肌は黄色くしぼんでおり、瞼は肉がうすく深くひっこんで、その上に半白の眉毛がうすくマバラに生えている。眼は灰色がかって無表情だ。──ことによると、この眼が内務係

准尉をおもわせるのだろうか？——要するに他人に向って無闇に親切気をあらわす男とはおもえなかった。といって、まさか悪意で物を貸してくれるとは勿論おもわなかったけれど……。とにかく信太郎は扇風器を借りることにした。なにしろ旧式の黒い大きな扇風器が、この男の手にひどく重そうに見えたからだ。頸に刺さったガラス管が呼吸のたびに小刻みにふるえているようだった。信太郎は礼を云って、いそいで自分の手に持ちかえた。ところが男は扇風器を手渡すと、こんどは病棟のはずれまで廊下を小走りに駈け出して、長いコードをかかえてきたのだ。なるほど病室の中には電燈線の挿し込み口はどこにもない。男はコードをいくつも接ぎ合せたり、事務室の机の下にもぐりこんでプラグをさがしたりした。その間、無言であるだけに彼の行動はひどく精力的な用意周到なものに見えた。息苦しくはないか、と声をかけると、男は四つ這いの姿勢で首を横に振った。そして母の病室に扇風器が廻り出したのを見とどけると、信太郎が礼を云うひまもなく、廊下の外へ消えた。

一体こういう男をどう解釈すべきだろう？……扇風器の風にあたりながら、信太郎は

ひどく落ちつかない気分になった。もともと彼は扇風機の風は嫌いだった。それに自分たちの部屋にだけこういうものがあることは、他の病室に閉じこめられた患者に対しても良くない気がした。しかし、そうかといってスイッチを切ってしまうわけにも行かないのだ。おまけにもっと具合の悪いことは、こんなに暑い部屋だと扇風機の風でも、ないよりはあった方がたしかに好いということが、だんだんハッキリしてくることだ。……この落ちつかない気分は夕方になって、もう一ど男に出会うまでつづいた。

　そのとき男は、海岸の石垣の上に引きあげられたボートのそばにいた。うすあかりの中で俯伏せになったボートの腹と、男の頸のホウタイとが白くうかんで見えた。男は船の修理をやっているところだった。水のもれる部分を削りとって何かで埋めているらしい。手のすくところを見はからって、信太郎は声をかけた。男は顔を上げた。信太郎が昼間の礼をのべると、男は突然、「あんなところに病人をおいといちゃいかん」と、カされた声で云った。

　信太郎は、ちょっとおどろいた。昼間きいたときよりも声の調子がハッキリしていたせいもあるが、言葉そのものも劇烈なものにひびいた。男はつづけた。「夏は暑いし、

蚊は何ぼうでもおるし、冬の寒いことはおはなしにならん。あんなところに置いといたら、丈夫なものでもすぐ死んでしまう……」
　信太郎は返答に躊躇したが、医者や看護人はせいいっぱい努力してくれると思うとこたえた。すると男は、はげしく頭を横に振って、こちらが心配になるほどいろいろのことを沢山はなしはじめた。医者も看護人も、ただ居るというだけで、きわめて無責任であること、ことにあの病棟はどうにも手のほどこしようのないとおもわれる患者だけが収容されるために、放りっぱなしにされていること、それで患者たちはあの病棟へ入れられたら最後だと云っているが、それでも大部分の患者は遅かれ早かれ、あの病棟に送りこまれて死ななければならない、といったことを、こちらが言葉をはさむスキもないほどしゃべった。
「みなさいや、あの人らアも、いまは元気にやりよるが、いまにみんなアあの中へ連れて行かれて死によりますら」と、夕やみの運動場に点々とちらばりながらたたずんでいる患者たちの方を指した。彼等の姿はたしかに墓場に集ってくる幽霊を信太郎にも連想させた。それで彼は話題をかえるために、正面の海に浮んでいる半球型の島について訊

いてみた。黒ぐろとした樹木をコンモリ茂らせたその島は、まるで童話の絵本でも見るような、ある典型的な眺めだが、男が云うには、それは無人島であって、最近観光会社が買いとって客寄せのために祠(ほこら)を建て「男女縁結びの神」と称するものをまつったが、休日のあくる日には、この病院の患者たちがその賽銭(さいせん)をみんなもってくるという。——
それは面白い、と信太郎は云った。
「しかし、どうやって渡るのだろう。」
「……」
「どうやって渡る？　それはいろいろでしょう。泳ぐのかな、それともそのボートにでも乗っていちょったそうで、いまでも干潮のときウマく行けば歩いても渡れるといいますがね」
「へえ、こうやってみると随分深そうだがな」
「いまは深いですよ。潮がこんで来よるから……。干潮で浅瀬のときは杙(くい)が下から見えてきますよ。真珠貝の養殖をやりよるんですワ」
「真珠？」

信太郎は無意識に問いかえしながら、足もとの海を覗きこんだ。しかしそこには黒い重そうな水が、すこしずつふくれ上って見えるばかりだった。

男の顔に疲れが見えた。しゃべりすぎたのかもしれない。男の頸についているガラスの管を、あらためてながめながら信太郎は不意に、彼がこのガラス管についているだけは一と言もしゃべらなかったことを憶い出した。たぶん喉頭癌の手術でも受けたのだろう。すると、この男が患者の境遇や運命に同情する理由もわかる気がした。……しかし、じつのところ信太郎は、この男についてまだ何も知らないといってよかった。

二人は病棟へ引きあげることにした。「おやすみなさい」と男はカスレた囁くような声で云った。信太郎は、いや、自分はもう一ど母の病室へもどるのだ、とこたえた。すると男は、ふと顔をそむけた。それはいままでと打ってかわって冷淡なものに見えた。男は事務室で鍵の束を受けとった。なに故の不機嫌かはわからなかったが、信太郎は男と肩を並べて病室へ向った。動物の檻のように並んだ個室の一番手前の扉のまえに立止ると、男は慣れた手つきで鍵をひらき、すこし背をまるめるようにしながら、暗い病室へ這入りこんだ。信太郎はあやうく声を上げるところだった。その病室が、この男の

棲み家だったのだ。軽症とはいえ、彼もまた狂者の一人だったのだ。

ところで信太郎が母親と世田谷に弁護士をたずねて二た月ほどたったころ朝鮮で動乱がはじまった。そのころから、一家が鵠沼をはなれるまでの二年間あまりは、家じゅうが戦後でもっとも明るく暮らした時期だったといえる。信太郎は弁護士の家へ出掛けたことがキッカケにでもなったように、外出しても発熱することがなくなり、織物会社の嘱託として月々固定の収入を得ながら、翻訳もまとまって大量のものがこなせるようになったし、父親は駐留軍の病院の施設でカードの整理係にやとわれた。父がはじめて給料をもらってきた日、母は酒と菓子とを買いに行き、夕食の膳についた父に酌をしながら、「やっぱり月給をもらうのは好いものね、ちょっと昔にもどったみたいだ」と、はしゃいで云った。

弁護人も、父の同窓の世話で安易な条件で依頼することができた。彼の活躍で、本裁判は取り下げられ、調停が行われることになった。……すべてのことが、おもいがけないほど好転しはじめた。しかし母はそのころになって、挙動にあやしげなものを見せは

じめていた。出まわりだしたばかりの千円札だが、買物に行って百円とまちがえ、ツリを受けとらずに帰ってきたり、かと思うとこんどは余計にツリをもらったからと、「どう、わたしって買物がうまいでしょう」と、近所となりの人たちに吹聴して歩いた。軽率で冗談好きなのは、むかしからだったが、冗談ごとにしてはいかにもケロリとした顔つきだった。物忘れがはげしく、「ない……」、「ない……」と、れいのキツネ憑きめいた眼をきょときょとさせながら、家の中じゅう歩きまわって、どうしたのかと思うと自分のふところへ入れた財布を探している。体が肥っているせいか、まるで子供のような歩き方で、つんつるてんに着たきものの裾と足袋の間からまるまるとした脚をのぞかせながら、バタバタと駈け出しては往来でよくころんだりした。

「おいおい、おまえのやることは危くて見ておれんぞ。歩くときぐらい、すこし気をつけたらどうだ」と、このごろではセビロを着て外出することにも慣れてきた父親が云った。

たしかに母は危っかしかった。しかし、それを彼女の神経が異状をきたしたためだとは誰にも考え及ばなかった。それよりも、つみかさなった疲労から、やっとすこしばか

り解放された思いで、何をするのも面倒でナゲヤリになっているように見えた。ただ無闇に愚痴っぽく、怒りっぽくなり、なんでもないことに腹を立て怒って泪をながしたりすることが、おかしいと云えばおかしく感じられる程度だ。近所の人が自分をないがしろにする、話しかけたのに返辞をしなかった、といったことをクドクドと繰りかえしているうちに、だんだん昂奮して酔ったように赤くなり、眼が血走り、立ち上ると棒立ちになって、

「あ、頭が痛い。頭の左半分が痛くなった。きっと血管がハレツするんだ。中気になる。どうしよう、中気になるんだわ」と口走りながら、にぎりこぶしで自分の頭をガンガン叩いたりする。

もっとも、怒りっぽくなっているのは父親も、そうだった。どういう理由でか、みんなが働いて外で金をかせいでくるようになると、それぞれに腹を立てやすくなっていた。父は母の食事の仕度がおそいことにイラ立ったし、信太郎はその食事の粗末さ加減に不平を云った。父のつとめは時間にきびしく縛られており、遅刻するとその日の給料は支払われないばかりか、運が悪ければその場で退職になる。そのため母はいつ

も時間を気にして、ときならぬ真夜中の時刻に奇妙な声を上げて跳び起きたりした。しかし全体として見れば、それはたしかに以前にくらべて平穏なくらしだった。トリ小舎には生き残った何羽かのトリが卵を生み、庭の畑を父は余暇をたのしむために耕した。そして母は、おおむねホコリだらけの部屋に寝そべって、むかし食べた菓子の味や、赤ん坊であったころの信太郎のことを想い出しては、ひとりで溜め息をついたり、笑いころげたりしていた。

忘れてしまったわけではないが、鵠沼の家を明けわたす日がやってくるということを、なぜともなしに誰もが本気には考えていなかった。鵠沼に居ついて、もう七年になっていた。これまで彼等は自分の家にも、それほど長いこと一と所に住んだ経験は一度もなかった。そんな彼等が、もうあと一と月と少々でどこかへ出て行かなければならなくなったことに気がついたのは、ある夕方、信吉が弁当箱を片手に、ゆっくりした歩調で門から縁側の方へあるいてくると、ぽつりと、「きょう、やめさせられた」と云ってからだ。

いずれは、あんまり長くつづく仕事でないことはわかっていた。動乱が峠をこし、戦線が膠着すれば、送りかえされてくる傷病兵や死体の数もへるわけだった。しかし、いざ解雇されてみると、やはりそれは突然のことにおもわれた。……父は自分の責任でクビになったというわけでもないのに、どうしたことか顔に恥じらいの色をうかべて、ぼんやり庭をながめていた。母は、これはまた眼を血走らせ、何か途切れ途切れにブツブツ云いながら、まるで落した物でも探すように、門から家までの間を俯向いてセカセカと何度も無意味に往復した。

信太郎は自分にも、ある失望と狼狽とがやってくるのがわかった。しかし考えなおすと、それは何とも不思議な感情だった。なぜならば、すべてのことは彼自身には都合よくはこんでおり、まったく悲観したり心配したりする必要はないからだ。家を立ち退いたあとも父がその職業をつづけて行くとすれば、老夫婦と信太郎の三人は一と部屋で間借でもするより仕方がない。それはおもっただけでもウンザリする暑苦しい生活だ。家計はいまよりも苦しくなるだろうし、よその台所で母が炊事をしなければならないとなると、部屋の内外での衝突は絶え間がないにちがいない。また、そんな生活をつづけて

いる間に、立ち退き料として受けとる金も消費してしまうこともかんがえられる。そうなってからでは、どこへ行こうにも身動きもできない。してみると、いま父が解雇されたことはむしろ一つの幸運とさえいえるのだ。

しかし翌日になると、父も母も解雇のことはすっかり忘れたように見えた。父は、そのとしの春かえったヒヨコのむれに、せっせと餌をやっており、母はふところ手をして愉しそうにそれを見まもっているのだ。いったい何を考えているのか、これから先をどうやって行くつもりなのか？ 信吉が南方から帰還したばかりのころ、母と二人でささやきあったことを、いまは信太郎一人がかんがえた。そして、それから数日後、母は突然云った。

「なにも心配することはないよ、お前。金融公庫でお金をかりれば家はすぐ建つじゃないか。土地は、おとなりのKさんの御親戚の方がタダで貸してくださるとおっしゃるさ……」

信太郎は、母の眼に、これ以上なにも云うべきことはないと思った。そして自分は云われたとおり、公庫の役人に会いに行くことにした。そうすれば自然にカタがつくこと

だからだ。……あの時、母はすでに完全に常軌を失していたのだろうか。しかし、それに気がつくには周囲の事態があまりに騒しかったと信太郎には思われる。実際、奇矯なことといえば父のふるまいにばかり彼は気を奪われていた。引っ越しが数日後にせまったというのに、父は解体したトリ小舎の材木で不可思議な箱を作ることにばかり熱中しているのだ。その箱の中にニワトリを詰めこんで高知県Y村へ送るのだという。箱はすでにいくつも完成した。家の中にはもはや運賃をかけてまで輸送しなければならないほどの家財や道具はほとんどなかったから、引っ越し荷物の大部分はこのトリの箱によって占められることになった。

荷物を発送する日、駅員はおどろき、こんなものは取り扱ったことがない、殺して肉にするなり、売り払うなり、適当に処分しておくべきものだ、と云った。信太郎にも勿論、その方が得策だとおもわれた。藤沢から高知まで、貨車でなら一週間、客車便でも三日か四日はかかるという。高知からY村へは、さらに一日ぐらいは余分の日数を見ておかなければならない。八月末の炎天下に、そんなものを運搬するのは無謀というより、まったく無益な作業にちがいなかった。信太郎は念のために、十数羽のニワトリのうち何羽ぐらいが無事に到着する見込みがあるか、訊いてみた。と

しとった駅員は日焼けした顔にシワをよせながら無造作に、「一羽のこらずヤラれることは間違いない」とこたえた。そんなやりとりのある間、父は笑ったまま何も云わなかった。板片を打ちつけた不恰好な箱に指をつっこんでは、ときどき「カオ、カオ」と奇妙な鳴き声を発している中のニワトリのために、空気抜きをつくってやっていた。

家の明け渡し期限の九月一日は、一種のお祭り騒ぎだった。近所じゅうから人がやってきて、挨拶の言葉といっしょに、法的な強制力をともなう引っ越しがどんなものかを見物して行った。当日まで何一つ準備らしいものをしていなかった母は、父と信太郎がカバンや風呂敷に荷拵えをしているなかで、まるで芝居にでも出掛けるときのように、そわそわと古いハンドバッグの中から切符を取り出してながめてみたり、かと思うと、うらへ廻って毀れかかった井戸端のポンプだの、物置の中だのをのぞきこんだりしていた。

「何をぐずぐずしよるか、早うせんと執行吏がくるぞ！」

父親がイラ立たしげにドナった。明け渡しのまえに執行吏にこられると、調停の規約を当方から破ったことになり、それでは立ち退き料を取れなくなるおそれもあるわけだ

った。規約の期限、正午の三十分ほどまえに、ようやく準備は完了した。荷物と一家の三人を乗せたトラックが威嚇的な音をたてながら発車した。荷物台に父と信太郎にはさまれて坐った母の半白の頭髪が風にみだれ、やがて額に貼りついたようにとまった。

その晩は、東京の親戚の家にとめてもらい、あくる朝、父と母は高知へ、信太郎は郊外の下宿屋の一室へ、それぞれの生活に出発する手筈になっていた。信太郎はいったん鵠沼から、荷物をもって下宿屋へまわり、夕方になって親戚の家へ行くと、父が一人ぽんやりした様子で待っていた。母は、この家へ来る途中で挨拶に廻るところがあるから、と別れてきたのだという。「夕食までには、こちらへ来るようにと云っといたんだが、おおかたあっちこっちで話しこんでいるんだろう。時間の観念のないやつは困ったものだ」と、父は送別のために食膳を飾ってくれた親戚の気をかねるように云った。食事がおわっても、母はまだ姿を見せなかった。郊外電車の駅まで様子を見に行かされた子供たちは、むなしく帰ってくると、駅員も心当りの人物はみかけなかったと報告した。不吉な予感がはじめてやってきた。高知へ行くことをいやがっていた母が、不意に失踪をくわだてることは考えられないものでもなかった。……十一時すぎ、玄関に重

い足音と母の話し声がした。「途中で道がわかんなくなっちゃってね、親切な人に門まで送ってもらってきたのよ」と母は朗らかに云った。

いままでに何度も来たことのあるこの家の道がわからなくなるとはおかしなことだが、これはむしろ帰りが遅れたことの弁解だとおもわれた。しかし、まわりの者がほっとする間もなく、翌朝になって母はまた、

「大変だ。カバンが一つたりない。ワニ革の一番小さなトランクよ。ゆうべの人に盗られちゃったのかしら」と、おどろいたことを云い出した。

たしかに、その母に托した小型のスーツ・ケースが見当らない。中には少額だが郵便貯金の通帳や現金も入っているという。しかも居合せたみんなが狼狽しはじめると、こんどは笑いながら、

「いいえ、いいんですよ。わたしはこのまま東京でくらすことにしましたから、あんなカバンはもういりません。わたしを送ってくれた人に、お礼にあげたのよ」と云うのだ。

彼女が普通でないことは、ようやくわかりかけてきた。もっとも、それも自分の失敗をゴマ化すためにわざと云っていることのようにも受け取れないこともなかった。以前

からその手の冗談を彼女はときどき使うからだ。……
「いいんですよ、わたしは東京にのこりますす。おとうさん一人で土佐へ行っていらっしゃい。のこって信太郎といっしょにくらします。Mさんも、Tさんも、みんなわたしの友だちは、そうしなさいって云ってくれるんですから」駅へ向う途みち、彼女はそれをくりかえした。品川の駅へ行っても、まだそれをつづけた。
「何を云っているんだ。さア早くせんと汽車に乗りおくれるぞ」と、父に袖を引かれると、急に、
「え?」と、眼をキョトンとみひらきながら俯向いて、足もとのプラットホームの下を流れるレールをキョロキョロと不審そうに眺めるのだ。

汽車が出るのを見送ると、その足で信太郎は警察や、国電と私鉄の乗り換え駅など、きのう母親がたどったと思われる路で、心当りの場所を一つ一つたずねながら、カバンの行方を探索したが、やはりどこにも見あたらず、手掛りになるようなことさえつかめなかった。とりあえず貯金通帳の改変届だけでも出しておくことにしたが、そのために

は鵠沼の郵便局まで出向かなければならなかった。つまり昨日出てきたばかりの場所へ、また戻らなければならないのだ。しかし、そのわずらわしさは信太郎にとって、それほどイヤなものには思えなかった。この種の無駄骨を折ることに狎れっ子になっている、というより何かそういうことがなければコマるような気さえするのだ。……ところで駅を下りると信太郎は、なぜか真直ぐ郵便局へ行く気になれず、家のあった方へ足を向けた。すると奇妙ななつかしさがやってきた。昨日この路をトラックに乗ってとおったことがまるで十年も前のことのようだ。だんだん家が近づくにつれて見憶えのある塀や、垣根ごしの庭や、樹木や、そんなものがてんでに眼の中にとび込んでくると、胸苦しいような緊張をおぼえた。ついに門が見えた。信太郎は自分の名を呼ばれるのに気づいて振りかえった。隣家のK夫人だった。

「忘れものを取りにいらしたんでしょう。どうやってお届けしようかとおもって、こまっていたところですのよ」

K夫人が差し出したのは意外にも、さがしていた小型のワニ革のスーツ・ケースなのだ。きのう信太郎たちが出て行った家の中に、このカバンが一つだけ置き放しに残され

ていたという。信太郎は一瞬、拍子ぬけを感じた。しかし、すぐあとから云いようのない恐怖心がおそってきた。鍵が毀されているために外側から細ビキで厳重に縛られているその古ぼけたカバンは、あけてみると中には、たしかに入れてあったはずだという現金も、貯金通帳もなく、荷造りのとき藁縄を切るためにつかった一挺の鎌が、長い柄を斜にして入っているばかりだったのだ──。鋸のようにギザギザの刃をつけた鎌は、まだところどころに黄色い藁クズがついており、不気味な動物をおもわせる青黒い光りを放ちながら、鋭い切っ先をカバンの内貼りの布に突き刺していた。信太郎はギクリとした。
……毀れかかった古めかしいそのカバンの中から、混乱した母の思考が流れ出し、執拗に自分を捉えようとしているように思えたからだ。

それから三カ月ばかりたった或る日、信太郎は突然、一通の奇妙な手紙を受けとった。
それが母からのものだと気がつくまでには、しばらくかかった。ひどく曲った大小ふぞろいの字が、封筒の上いちめんに散らばっており、切手は裏面の封をとじた合せ目に貼ってある。封を切ると、ほとんど白紙のままのものや、二三字書いただけでクシャクシャに消したり、デタラメにインクをなすりつけただけのような字の並んでいるレターペ

ーパーが出てきた。どうにか判読して、つなぎ合せると次のような文章になる。

その後お変りありませんか わたくしはこの間キチガイ医シャのところへ行ってまいりましたが べつにどういうワルイこともないようです おとうさんは またニワトリをかいはじめました 中古のこわれそこないの自テンシャを買いに行っています どうせ卵を売ってもエサ代と同じぐらいにしかならないのだからアホウらしいこと そのくせ自分ではモハン的よくけいをやって 村の指ドウしゃになると相手にしません マゴはもうからんダメじゃといってイバってばかりいますがひゃく姓たちは夕うけいをやって 村の指ドウしゃになると相手にしません こちらへ来てから おとうさんは誰とも口をききません 伯父さんとも一言も口をききません 伯母さんはとてもワルイ ワルイ ひとです まい日オコリどおしで この間もマキをもってわたしを追いかけてきました わたしにハダカ ワルイ ひとです まい日オコリどおしで この間もマキをもってわたしを追いかけてきました わたしにハダカになれといっていど端でハダカにしておいてばんばんと叩きます マキでわたしを叩きます はやく東京へ行きたい 一日もはやく東京でくらしましょう この手紙もかくれてや

っとかいているのです　これを出すのがまた大変　ゆうびん局へもかってに行かせて
くれません　ひとにたのんで出してもらいます　どうか無事にとどきますように

　　　　　　　　　　　　　　　　　　　　　　　　　　　　　　　　　　　母より

　信太郎どの

　同じころ、父から来た手紙では、先ずニワトリが一羽のこらず無事に到着したということから、トリが毎日卵を生んでいること、自分は小作人のいなくなった伯父の畑をたがやしており、雨の日には蔵から古い本を引っぱり出して読んでいるといった、文字どおり晴耕雨読の生活をいとなんでいるらしいことばかりが書かれてあって、結構、伯父たち夫婦とも仲良く暮らしている様子で、母についてはただ、「この頃は錯覚に悩まされること多く、はたからも見兼ねるほどに候」とあるだけだった。
　母と父と、どちらの手紙が本当なのか、信太郎にはわからなかった。たしかなのは、どちらを読んでも憂鬱な心もちにさせられるということだけだ。

　病院へきて、もう一週間になる。一週間というのは、見舞にやってきたＹ村の伯母が

そう云ったからだ。伯母は信太郎の顔を見ると、
「あんたのおとうさんは偉い人ぞね。まっこと偉いぞね。こんどのことがすんだら、よっぽど大事にして上げにゃいかんぞね」と云った。信太郎はウナずいて、自分もそうおもう、とこたえた。たしかに父親は苦労したにちがいないからだ。伯母はつづけて、自分が見舞にくるのがこんなに遅くなったのは、夫が自分を離したがらないせいだ、夫は年じゅう自分をドナリつけてばかりいるくせに、自分がそばにいないでは何も出来ない、それならいっしょに見舞に行こうと云うと、それもイヤがる、「あんなところへ行くと、気持が悪くなってメシが喉へとおらなくなる」と、どうしてもいっしょに附いて来ようとしない、元来なら自分の弟の女房のことだから自分こそ先に立って見舞に来なければならないのに……、とそんなことを話した。信太郎は伯父の云い分はもっともだと思った。それで「伯父さんの気持はよくわかる」と返辞した。伯母は笑って「あんたは伯父さん似か」と訊くので、そういう所もあるかもしれない、とこたえた。
　伯母に来てもらっても別段、何もしてもらうことはなかった。母は依然として眠りつ

づけているだけであり、ときどき看護人がビタ・カンフルの注射を打つほかは、まわりの人間は病人をかこんで坐っているばかりだ。ときどき看護人がビタ・カンフルの注射を打つほかは、まわりの人間は病人をかこんで坐っているばかりだ。
　午後の日を浴びながら、務め先の仕事場をおもい出していた。信太郎は日除けごしにマダラに射してくる午後の日を浴びながら、務め先の仕事場をおもい出していた。部長は慢性の胃弱で「会社はいつになっても宣伝部のはたらきを認めようとしない」と、こぼしてばかりいる男だった。出てくるとき信太郎はこの男に、電報を見せただけで、母の病気の性質も病院のことも一切話しておかなかったから、いまごろはきっと部下の怠慢と考えて、ぶつぶつ文句を云っているだろう。しかし何と云われても、ひととおり母のカタがつかないかぎり、この場を動くわけには行かないのだから仕方がない。
　伯母はまた、父と母がＹ村の家に厄介になっている間、父がどんなに母のために良く面倒を見たかを話しはじめた。なにしろ、ちょっと眼をはなしていると母はすぐどこかへ出掛けてしまい、出掛けると一里も二里もとおくの見知らぬ家に上りこんでいたりするので探しようがない、家事の手伝いは勿論できないので、洗濯や掃除は父が全部しなければならず、風呂にも一人では入れないので父がいっしょに入って体を流してやっていた、という。それらはみんな昨年、信太郎がＹ村へたずねたときにも、この伯母から

聞かされたことだ。しかし、そのときといままでは話し方のニュアンスがすこし異っている。一年前は伯母もまた被害者の一人であることを、言外にもっと強くただよわせていた。「信吉さんはエライぞね、まことにエラかったぞね。それほど苦労してもグチひとつこぼさんもの。たった一ぺんだけ云うたのは、冬のさなかの夜中に、便所へ行くおチカに何度も起されて、附きそうて用がすむまで外で待ちよらにゃいかんのが辛い、と。それを一ペン云うただけぞね」

冬の戸外の便所のそとで、女房の用がすむ音を、じっとたたずみながら聞いている父の姿は、信太郎にもその辛苦を想像することができた。しかしそれはまた、いかにも一人の男の"生涯"を象徴しているようにもおもわれた。

それにしてもこの伯母が、母を裸にして薪で殴りつけるというようなことは、まったく考えようがない、あきらかにそれは母の被害妄想であっただろう。信太郎は、目のまえの伯母のマブしそうに眼を細めた平たい顔をながめながら、そう思った。伯母にしてみれば、さんざん厄介をかけられたうえに、そんなことをコッソリ手紙に書いて息子に

送られたりしては迷惑千万なはなしだったにちがいない。……父たちがＹ村へ引き上げて半年ばかりたったころから、下宿の信太郎の許へ、一度郷里へかえってくるように、というたよりが伯母や、父や、その他の親戚からしばしばもたらされた。そのたびに信太郎は、務め先で休暇を許してくれないとか、旅費の都合がつかないとかいった理由を書いて送った。たしかに、そのころの信太郎には高知まで往復の汽車賃を工面するのも容易ではなかったし、つとめはじめたばかりの仕事場で何日間とまとまった休暇を要求することは、ようやくつかんだ職場を放棄することになりかねなかった。けれども実際のところ、仮に誰かがそれだけの金とヒマとをくれると云っても、やはり行きたいという気持にはなれなかっただろう。これは母が病気だということをヌキにして考えてもそうだった。彼は端的に面倒臭かった。……二十時間以上も汽車にゆられ、海をこえ、四国山脈のトンネルを無数にくぐりぬけ、そのあげく老人の顔を眺めて、同じコースを帰ってくるという手続きは、考えただけでもウンザリさせられる。

　しかし何よりも信太郎が故郷へかえる気になれなかったのは、父や伯母が手紙で何と云ってこようと、自分の母親の神経が異状をきたしているとは、どうしても納得できな

いせいだった。ひとつには彼には、母のやっていることが何となく芝居じみたものに思えるのだ。母が自分を呼びよせるためにワザとそんな演技をやっている、あるいはＹ村にいたくないためにワザとそんなことをやって伯母たちに厭がられるようにしている、とそんなふうに考えられた。また、家系の中には発狂者が一人もいないということも、母が狂うはずはないという漠然とした期待を抱かせた。……いや、そんなことよりももっと重要なのは、こころの何処かで彼は母の〝正気〟をなんとなく信じていた。だが彼は、そう考える自分を、どうするまでもなく、おろかしいことにちがいない。だが彼は、そう考える自分を、どうすることも出来なかった。

——母に関して、自分のやっていることが、われながら奇怪におもえることは、いろいろある。たとえば、あの母のよこした支離滅裂の手紙を、机の引き出しの奥にいつまでも保存していることがそうだ。不断、彼には自分のところへきた書簡をとっておく習慣はない。のこしておけば、いつかは役に立つだろうとおもわれる手紙や、記念になるとおもうものでも、いつの間にか失くなってしまう。だが、あの手紙だけは棄てるわけには行かなかった。それは一つには、あの手紙を他人には読まれたくない気持があった

せいかもしれない。しかしそれならば、火の中に燃やすなり何なりの方法があるはずだ。
だが、どういうわけかそんなことをする気は毛頭ない。それどころか、しばしば彼は突発的にあの手紙を取り出しては熱心に読みふけるのだ。下宿の一室に閉じこもったままで一日すごした休日のたそがれどき、もうネズミ色に汚れて毛バ立ったレターペーパーの上に踊っている醜怪な文字に眼をさらしながら、階下のものうげいボンボン時計が時を打つのも気がつかないこともあるほどだ……。おそらく彼は、その手紙を数百回、数千回も読みなおした。いまでは何枚目の紙に、どんなことが、どんな恰好の文字で書かれているかは勿論、ムラサキ色の罫を引いた紙の質や、インキの色や滲み具合いまで、はっきり頭の中にはいっている。しかもなおそれを読みつづけるのは、どういう理由によるものか？　ただ、それが母親に対する愛着のせいでないことは、たしかだ。それはむしろ、ガラス箱の中の蛇を覗きこみながら、ふとその醜い動物に自己の分身を見出したような気分になる、といった感じだからだ。——もしかすると自分は、その手紙の中に、内心で母の狂気をさぐるつもりがあったのかもしれない、とも思う。そうだとすれば彼は、母の狂気を執拗に否定するために、くりかえしくりかえし手紙を読んだということ

……どっちにしても、去年の夏、いよいよ母を入院させなければならないだろうという報せを受けとったときにも、信太郎にはそれが本当のことだとは思えなかった。単に一つの「事件」が起り、そのために自分は呼びよせられると思った。

　Y村の実家は白い土塀にかこまれて、正面に樹齢数百年という松が寝そべったようなかたちに幾抱えもある幹をのばしている。夕暮れの中にそれを見た一瞬、信太郎は安堵と戦慄が同時におこるのを感じた。土塀は大半、崩れかかっており、松は自らの重みに耐えかねていた。寺院を想わせる大きな屋根は、瓦の大部分が風化して苔と雑草におおわれ、いまにも壊えそうにおもわれた。門まで出迎えた伯母と父とにともなわれ、台所につづいた薄暗い土間に足をふみ入れた瞬間だった、横合いの闇の中から、
「あら、シンちゃん、かえってきてくれたの」と、母の声がした。
　信太郎は愕然として立ちどまった。相好が変っていることは予想できなかったわけではないが、それにしてもこんなに急激に衰えた母親の顔を見ようとはおもわなかった。

だが、かんがえてみると自分が頭のなかに描いていたのは十年以上もまえの健康なころの母だった。そういえば鵠沼を出て行くときの顔は、すでにいま眼の前に見る顔と同じものだった。……母は笑っていた。土間のすみに、恥ずかしがっている女の児を連想させた。二本のぞかせて笑っているその顔は、恥ずかしがっている女の児を連想させた。だが、彼女が正常でない信太郎は、ふとまた健康な母を憶い出したりもするのだった。彼は母親に軀を近づけられそうになることは、もはや最初の一瞥で完全に了解できた。なぜ怖ろしいのかは、わからと、それだけで恐怖のための悪寒のようなものを感じた。なぜ怖ろしいのかは、わからなかったけれど。

しかし見慣れるにしたがって、母の顔も次第にもとへもどってくるような気もした。——「このぶんなら、そんなに悪くはないじゃないですか」。「うん、お前の顔を見て、だいぶ気持が落ちついてきたらしい」。あくる日の昼間、信太郎と父親とが、そんなことを話し合っている間、母は伯母と何がおかしいのか笑いながら冗談を云いあっていた。……どういうことからか、四人はそれから裏山の浜口家の墓地まで散歩することになったのだ。屋敷のなかは樹木にかこまれて暗く、涼しい風が吹きぬけていたが、一歩外へ

出ると目をつぶってもあたりが白く感じられるほど日射しが強かった。アゼ路にかかると青い稲のにおいが、むんむんした。母は息苦しそうに足がおそくなるので、信太郎は立ち止って振り向いた。すると母は、招くように眼を細めるとウス笑いしながら、
「妙なことがあるんだよ」と、信太郎の耳もとに囁くような声で云った。「おとうさんがね、このごろ御堂のそばで若い娘と待ち合せて、どこかへ行くんだよ」
　信太郎は笑った。「どうして、そんなことを考えるんだい?」
　父は擦り切れた古い軍服のズボンに運動靴をはいて、伯母と並んで、何も知らずに前を歩いて行く。
「どうしてだって?」母は急に眼を光らせて、「どうしても、こうしてもあるものか、このごろは毎晩なんだよ。わたしが後からつけて行くと、『邪魔するな』と云って、わたしを田んぼのなかへ突き落しそうにしたよ。くやしいじゃないか、鵠沼じゃあんなに人を貧乏させて、いろいろ世話を焼かせたくせに、いまごろになって、そんなことをする」
　信太郎にはなだめようがなかった。日は強く照り、木影はどこにもない。歩きはじめ

ると母の発作はおさまったらしく、間もなくケロリとした顔で、いっしょに附いてきた。
しかし、やはり息苦しそうなので足をとめると、その発作は、ふたたびはじまるのだ。声は次第に大きくなり、眼はすわって空間の一点を見つめ、コメカミの血管がうき出して呼吸は胸が波打って見えるほど荒くなった。
「ちぇっ、たぬき爺め！」と父をののしる声は、あたりに遠く反響するほどだ。
「だいじょぶかな。引きかえした方がいいんじゃないかな」
　信太郎は、こちらに背を向けたまま立っている父に訊いた。
「このまま行った方がいいだろう。……いつも夜中になると、もっとヒドくなるんだ」
　と父は、そのまま先に立って歩いた。

　翌日、信太郎は父といっしょに二人だけで病院へ行った。母は高知へくると間もなく、市内にあるこの病院の本院で診断をうけていた。母を入院させたいと申し出ると、医者は母を憶えており、白い顔に微笑をうかべて、やっぱり、おうちで療養させるとなると大変でしょうと云った。その声は信太郎に、ひどくなめらかな肉感的なものに聞えた。

話の調子から、医者は早くから入院をすすめ、父はそれをきょうまで断っていたようにおもえた。父親が事務上の手続について医者と話し合っている間に、信太郎はつれられて病院の内外を一とまわりした。医者も看護人も礼儀正しく振舞うことにつとめているふうに見えた。だが、明日入院させることを約束して、部屋を出ようとすると、医者は二人を呼び止め、病棟の前に立たせて、買いたてらしいカメラを向けた。頭上に夏の日がかがやき、シャッターの切られるのが待ちどおしかった。

Y村の伯父の家へかえりついたのは夕方だった。信太郎は病院を出たときから、なぜか、ものも云えないほど疲労を感じ出していた。しかし門を入って、トリ小舎のそばでトリの餌をやっている伯母のうしろに、ぼんやり立った母の姿が眼にうつると、あらたな緊張のために一時に疲労は消え去った。……脣をとがらせた母は、誰の姿も眼に入らぬらしく、信太郎のそばをまったく無関心にとおりぬけると、ぶつぶつと何かつぶやきながら、門と台所との間を、機械的な動作で往復しはじめるのだ。その姿に信太郎は、柵の中に追いつめられて行く動物をおもい出さないわけにはいかなかった。

その夜、母はしずかに寝た。夕食のとき、明日は東京へかえろう、と云いきかせたせ

いかもしれなかった。夜中に一度、母たちの寝室から、ふすまに何かのぶっつかる物音が聞え、また発作を起したのかと思ったが、父のまだ半分眠っているような、口の中でこわばる声といっしょに、「便所へ行く」と母の声がして、ふすまが開いた。……足音が暗い廊下を自分の部屋に近づいてくる気配に、信太郎は一瞬血の逆流するような恐怖をおぼえた。眼の前にほの白く浮んだ障子に影がさした。

そのとき、「ちがう、ちがう。便所はこっちだ、反対側だよ」と父の声が呼んだ。すると、

「おや、そうか。間違ったかな」と意外なほど素直な声がこたえて、こんどは足音は正確に便所の方へ遠ざかり、古い杉戸がきしみながら開く音がした。

それから、あくる日にかけて、すべてのことは順調にはこんだ。途中で一度、運転手に行き先きをおしえることで手間どったほかには……。

その日、母は朝から明るい顔つきだった。そして病院が近づくにつれて、ほとんど平常心をとりもどしたのではないかとおもわれるほど、態度も、云うことも、シッカリしてきた。いつも虚空にみひらかれているような眼に力がこもり、視線がハッキリして、

はたの者にも、彼女が何を見、何を考えているかがわかる気がした。……運転手がラジオのスイッチを止め、車の方向を変えるまでの間、信太郎は立ち止まると起る母の発作が、いまにもはじまりはしないかと心配だったが、バック・ミラーの中で眼を閉じている彼女の顔には、ここ数年見られなかった平静なおもかげがあった。

自動車が茶店の並んだ路地から引き返して山路へかかったとき、車の中は急にヒッソリと静寂なものに浸されはじめた。それまで、はしゃぎ気味に、歌い出したラジオの漫才に声を合せたりしていた母は、いまは窓の外を流れる樹木の濃いみどり色の影に包まれた顔を正面に向けて、かたく口を結んでいる。……信太郎は、こうなると彼女の〝正気〟が気がかりだった。ことによると母は、いま正気にかえって、すべてのことを知りつくした上で、運命のままに自分を従えようとしているのではないか？　医者にあんなことを相談するべきではなかった。（前日、信太郎は、病院の医者に、病人をここへつれてくるにはどうすればいいかを訊いた。すると医者は急に興ざめた顔になりながら、「みんな、それぞれ工夫なさるようですね。〝嘘も方便〟と云いますから」とだけ、こたえて言葉をにごしたのだ）信太郎は、別れぎわに自分の顔にカメラを向けた医者の白い

肌と、なめらかな音声を憶い出しながら、後悔が胸を咬みはじめるのを感じた。
「おっと、これは綺麗なこと！」と伯母が声を上げた。
 自動車は急にひらけた海の景色に向って、スリバチの底を覗くような病院の建物が、近づくにしたがって大きく見えて来る。と信太郎は突然、その建物が昨日とちがって、青空を映した海と、緑の斜面にかこまれた白い角砂糖のような斜面を下りはじめていた。
 きょうは自分に向って生きもののように大きく全身を開いているのを感じた。……医者は前日同様、微笑しながら彼等を玄関まで迎え出た。
「そうだねえ、浜口さんには、どこのお部屋へ入ってもらおうかねえ」と医者は母を診察室の椅子に坐らせると、子供に向って話す口調をつかって云った。
 信太郎は、はっとした。医者は、母が納得ずくでここへやってきたとでも思っているのだろうか？ 医者の白い柔らかそうな頬に、きょうは、赤味がかったヒゲがほんの少々のびかかっているのが、明るい窓ぎわの光のなかで見える。……母は沈黙したままだった。たしかに、「どの部屋へ入ってもらおうか」と云われても、それを選ぶ権利がこちらにもあるかどうかは分らないのだから、黙っているより仕方がないわけだ。

「ちょっと待っていてくださいよ。いま、部屋の割りふりをしらべてきますから」
ほのかな消毒薬の臭いをただよわせながら医者が出て行くと、部屋の中は急にガランとした。……ニスを塗った頑丈そうなテーブルと、木製の椅子が五六脚おいてあるだけのその部屋には、普通の病院や医院の診察室になら必ずそろっているはずの家具も道具もない。けれども、それが診察室であることは間違いない。ほかでは絶対に見られない或る陰気さが、この部屋にはあるからだ。……と、そのとき、固くはりつめた部屋の空気にヒビの割れるように、かすかな吐息が聞えた。
「ふん、とうとう放りこまれることになったか！」
と、母は胸の中から最後の空気を吐き出すように、つぶやいたのだ。……伯母にもらった暗い縞の和服を着て、ますます体が小さくなって見える母は、固い椅子に身を投げ出すふうに腰掛けたまま、日焼けした青黒い顔を誰の眼からもそむけるように、じっと横に向けていた。部屋じゅうの者が一瞬、気をのまれたあと、おそってきた緊張のために、俯向いたまま身動きもできずにいると、いきおいよく部屋に入ってきた医者が、いきなり云った。

「さア、浜口さん、部屋の用意ができましたよ。どなたか肉親の方一人、いっしょに附いてきて下さい。おおぜいの方が一度にこられると、他の患者が昂奮していけません。ひどく心細いのです」

……それに新入院の患者にとっても、見送り人に一度に全部帰られることは、ひどく心細いのです」

顔を上げた伯母が、父と信太郎の顔を見較べながら、眼で信太郎をウナがした。どうしたことか父は、まるで酒にでも酔ったように頸から上を真赤にしながら、頭を軽く前後左右に揺りうごかしている。結局、信太郎が行くことになって腰を上げた。

定められた病室へ行くために、いくつもの長い廊下をわたり、階段を登り下りした。——この階段や廊下を信太郎は昨日すでに歩いたかもしれない。そうだとすれば昨日と今日とでは、その様子がまるきり異って感じられたわけだ。——彼は自身では平静な心持を乱してはいないつもりだった。しかし先頭に立って歩いて行く医者と自分との距離は、まるで医者がワザとそういう歩き方をするのかと思われるほど、おそろしく長く延びたり、またたちまち貊をぶっつけそうになるほど縮んだり、するのだ。……いくつかの防火壁で仕切られた長い廊下の突き当たりに、広い大きな畳敷きの部屋があった。そ

れはどこにでもある、大抵の人間が一生に一度は寝泊りした経験のある形式の部屋だ。柔道場、三等船室、寺の本堂、旅館の宴会場……。信太郎自身は軍隊で、部隊が移動するたびに、こういう部屋に泊められた。

「タタミは新しいですし、窓からは海が見えますし……」

医者の言葉が突然耳にひびいて、信太郎は自分が呆然としていたことを知った。……そう云われれば、なるほどあたりにはイグサの臭いがただよい、東の窓には空と海とが白く光っている。それにしても昨日の話では、小綺麗な個室があたえられるような様子だったのにと思いながら、そのことを訊くと、医者は「え―、こっちの方がお仲間も大ぜいいて、お話もできますし」と、いくらか要点のはずれる返辞だった。しかし信太郎は、それ以上強く問いかえす気力がなかった。彼は部屋に入った瞬間から、あたりのものが茫漠として、トリトメもなく、自分の体が際限もなしに周囲に向って散らばって行きそうな心地がしていた。

「――おかあさんに何か云ってあげたら?」

医者は白い、柔らかそうな肌の顔を近よせながら、ささやいた。

「ええ……」
　信太郎はそう云ったまま、しばらく考えてみたが、いまさら母に云うべき言葉は何もなかった。……医者は一層、顔を近よせるとセキ立てるように、「何でもいいんですよ、何でも」と、くりかえして云った。「患者のなぐさめになるようなことなら何でもいいですから、云ってお上げなさい」
　医者の顔は微笑していた。母の茶色い顔は眼の前にあった。細いシワのよった首筋に、白髪のおくれ毛がたくさん眼についた。
「おかあさん、早くよくなるようにね、それまでここで我慢してください。……治ったら、すぐ迎えにくるよ。それから東京へ行こう」
　信太郎は舌がもつれそうになるのを感じながら、それだけ云うと、一刻もはやく、この場を逃げ出したかった。だが医者は低い声でなおも云った。「肩でも、そっと撫でてお上げなさい」
　云われるままに、信太郎は両手を不器用に母の肩においた。すると掌の中に、骨ばった小さな肩が感じられた。母は振り向いて、信太郎を横眼で見た。肩においた手に思わ

ず力が入り、軽く前へ圧した。……信太郎は、部屋の出口まできて、もう一度、振り返った。そのときはじめて自分から、何か云ってやりたい気持が起った。だだっぴろい部屋の真ん中に、落ち着かなさそうに坐って眼をキョトンとさせている母の姿が小さく見えた。

次の瞬間、信太郎は廊下に立っていた。さっきは眼につかなかった患者が大ぜいで医者を取りまいて、口ぐちに云っている。「先生、いつ出してくれるの？」――「もう、すっかり治ってしまうたんやけど……」――「先生、ちょっとお話があります」
「よし、よし。わかった、わかった」と医者は、笑いながら両手を羽搏くように振った。
そのとき信太郎は、医者や患者の頭ごしに、いま自分の出てきた部屋の戸が閉ざされて行くのを見た。……淡いみどり色に塗られた鉄製の扉が、ゆっくりと閉った。つづいて同じ色の閂がかけられた。すると一切のものが眼の前で、完全に遮断されたことがわかった。

あたりは、もはやまったく暗く、不細工なスダレのために歪んでみえる窓のまわりに、仄白いものがただよっているだけだ。夕暮れのしずけさも、ここにはない。いったん暮れ切ってしまうと、病棟の中にはさまざまの沈黙した音がみなぎりはじめるからだ。……さっきまで、となりの病室では先日入院の、ことし十七の娘が啜り上げては泣いていた。れいによって看護人が眠り薬の注射をした。勿論、娘はそれで眠らされてしまったが、泣き声はまるで壁の中にしみついてしまったように、いつまでも聞える。もう一方の隣で、いつも「オベントウ」を待っている女も、今夜は注射で眠っているが、これは夕方ごろ、母の病室に大ぜいの人間が出入りしたため、昂奮して手がつけられないほど暴れたからだ。頭から水を浴びせられて、狭い病室の中に逃げまどっていた彼女の声もまた、そのへんに漂っている。

ひるすぎ、三時ごろから母の呼吸は目にみえて弱りはじめた。……「いまからならＹ村へ、ちょうど夕食の仕度に間に合う時間に着くから」と伯母が帰った直後だった。まだバスの停留所までは行き着いていなかっただろう。そのことで信太郎は父親と、すこしばかり云い争った。——父親は、伯母を呼びもどしに行くべきだと云い、信太郎はそ

れに反対した。「せっかく見舞にお出でたのに、死に目に会わんずく帰ったら、やっぱり残念でしょう」と、看護人も父の意見に賛成だった。しかし結局それは、どうでもいいようなことだった。つまり、言い合っているうちにバスの出る時間は来てしまったし、母はまたもや息を吹きかえしたからだ。看護人に呼ばれてやってきた医者や看護婦たちも、拍子ぬけした顔で帰って行った。医者は病室を出て行くとき、露骨に不機嫌な様子をしていたが、いまは信太郎はある点では医者の立場に同情した。……医者が不機嫌なのは自分が病人に対して全く無力だということを知っているためでもあるだろう。完全に放棄するよりしかたのない仕事に、責任上いつまでもかかずらわっていなければならないのはやり切れないことにちがいない。

医者たちが引き上げたあとで、信太郎は病棟の外の石段に腰を下ろして、タバコを吸った。すると患者の一人がやってきて、ていねいに頭を下げて悔みの言葉をのべはじめた、気がつくと、大ぜいの患者がこちらを向いてヒソヒソ話し合っている。あきらかに彼等はみんな、たったいま母親が死んだものと思いこんでいる様子だ。信太郎は恥ずかしさと、あるウシロメタさを感じて、病室へもどろうとした。と、うしろから、

「いや、わしはお母さんは、まだ亡くならんと思うておりました」という声がした。振りかえらなくても、それが頸にホウタイを巻いた男だと、すぐわかった。男は石段に信太郎と並んで腰を下ろした。——この病院では、何でもない時刻に、医者が重症者の個室へ行くのは患者が死ぬときだけだ、と男は云った。
「だがわしは、また医者のやつ、馬鹿なことをしよると思いよった。人間が死ぬときは必ず干潮じゃ。満潮で死ぬることは、めったにありやせん。医者がそればアのことを知らいで、どうするもんか」
「ほう」と信太郎はアイヅチを打ちながら、この男が病院や医者に対して敵意をもやすのはどういうわけだろうかと思った。この男が檻のような病室の中へ自分から扉をあけて入って行ったことは、想い出しても、いかにも奇妙なものだからである。——おそらく、この男は残りの全生涯（といっても僅かなものだろうが）を、この病院で送ることに心を決めているにちがいない。そうだとすれば〝自分みずからの手で人生を選び取る〟などということは、まったく大したことではないようにおもわれる。そんなことを云ってみても所詮は、この男のように自分で自分の檻の扉をあけることにすぎないよう

だ。

タバコを吸いおわって病室へ行こうとする信太郎に、背後から、今晩の干潮は十一時すぎだ、それまではユックリ寝ている方がいい、という声がした。この忠言は信太郎にとって、扇風器よりもありがたかったが、生憎すこしも眠くはないので、そうこたえて、病室へかえった。

あれから、どれぐらいたったのだろう？　信太郎は眼を上げて、窓にイビツな夜空が覗いているのを認めた。つづいて自分が居眠っていたことと、いま見た奇怪な夢のことが頭に浮かんだ。——あたりは暗く、ゆれうごいている水ばかりであり、自分は岩のようなものの上に乗っている。ときどき水の底で動いている風が重苦しく自分にぶっつかって、ふと見ると、自分が乗っているのは岩ではなく、海亀のように甲羅の固い動物の背中なのだ。その夢の中で彼は未だ子供のころ、海で母に水泳を教えてもらったことを憶い出していた。母に水の中で眼を開いているように云われ、そのとおりにすると緑色の水を透して、すぐそばに黒い大きな母の体がゆらゆら揺れている……。一体どれぐらい眠ったのか？　信太郎は夢の中の不安な気持が、まだ頭の一部分にのこっているのを

感じながら、不意に頸にホウタイを巻いた男が「死ぬのは干潮のときだ」と云ったのを憶い出し、悪い予感がひらめいた。——誰も知らない間に、母親が自分の眼の前で死んでいる……。一瞬、そんなことを考え、肌寒くなりながら、母に顔を近づけた。——助かった、と彼はおもった。念のために事務室へ時計を見に行った。二時十分過ぎだ。ホウタイの男が云ったことが本当なら、もう危険な時刻は過ぎ去っている。とすると母は、またしても危機をのがれたのだろうか。しかし、そう思った次の瞬間から、これまでの毎日がまた延々として繰り返されることを想い、ガッカリした気持になる。

それから夜が明けるまでの何時間かを、彼はこの裏表になって循環する落胆と安堵のうちにすごした。ほとんど全神経を母の呼吸音をきくことだけに集中させているうちに、ある瞬間から自分の呼吸が母の呼吸といっしょになって働いているような心持になってきた。そして、ついに朝がやってくるのに気がついた。……日はどこからともなく射しはじめ、空気は水色の透明さをましてくる。それにつれて、あたりのものはだんだん見覚えのある形になって定着する。炊事場のあたりから、人の働きはじめた物音が聞えてぱい臭いが夜気にも強く鼻について、弱いながら安定した呼吸が聞えてくる。——甘酸っ

きた。

ゴム底の運動靴の音をさせながら看護人が姿を見せ、次ぎに父親がやってきた。あたりは、すっかり明るくなった。

「下顎呼吸がはじまったな」と看護人が云った。

母は口をひらいたまま——というより、その下顎が喉にくっつきそうになりながら——喉の全体でかろうじて呼吸をつづけている。「これがはじまると、もういかんですねえ」と、看護人は父をかえりみた。

父は無言でうなずいた。そして信太郎に、「Y村へ電話するか」と云った。

すると、信太郎は突然のように全身に疲労を感じた。と同時に、眼の前の二人に、あるイラ立たしさを覚えた。

「べつに、まだ死ぬときまったわけじゃないでしょう。それに電話したって、伯母さんは来れるかどうか、わからんですよ」

二人は顔を見合せた。やがて父は断乎とした口調で云った。「Y村へは報せてやらにゃいかんよ。報せるだけでも……」

たしかに、自分の云ったことは馬鹿げたことだ、と信太郎はおもった。しかし確実にせまってきた母の死を前にして、儀礼的なことが真先にとり上げられるということが、なにか耐えがたい気持だった。

患者たちに朝食がくばられるころから、はやくも日中の暑さがやってきた。信太郎はいまになって、やたらに眠気をもよおした。……夜、見えないところで呼吸音だけをきいていたときとちがって、日中のあふれるような光線の下では、母の体は衰弱しているだけでなく、もはや人間的なものを全身から完全に剝ぎとられてしまっていた。鼻も頰も顎も、すべてのものが、だらりと垂れ下って、くっつき合い、そのまま暑さに溶けかかったかと思われるほどだ。しかも呼吸だけは休みなしにつづいているのだ。時間のたつのが、ひどく遅いようにおもわれた。

やがて、伯母が、汗だらけになって、「やっと間に合うた」と云いながら現れた。彼女はまた、夫がどうしても見舞に来たがらないということから、途中の乗り物の混雑や、稲の出来具合など、思いついたことから連続的に話しはじめた。病人はまったく無視さ

れた。しかし信太郎は、この母よりは六七歳も年嵩の伯母が、真赤な顔に流れる汗を拭いながら話しているさまを見るのが、気持が良かった。彼女の身につけているあらゆるものが健康そうに思われ、壁や床板や日光など、この部屋の中の強烈なものや、重々しいものは彼女一人の力でハネのけられているような感じがした。

「そうそう、おまさんらア喉が乾いつろうとおもうて、途中で買うてきた」と云いながら、伯母は暗緑色の大きな西瓜を取り出した。

これも部屋の陰鬱な空気をくずすのに効果があった。切った半分をまず看護人にわたすと、彼は相好をくずして、「わたしが、この半分を食べて、あとの半分は女房にやります」と云った。

この男に妻があるとは、いままで気がつかなかったことだが、細君もやはりこの病院の中で事務をとっているという。信太郎はウスい口髭をのばしたこの年若い男が、細君と二人で西瓜を食べるさまを想像すると、なぜか滑稽で笑い出さずにはいられなかった。信太郎は先刻、つまらぬことで父と看護人にアテツケがましい態度に出た自分を恥じた。

しかし、この健康な来訪者の顔も、時がたつにつれて次第にくもりはじめた。彼等が大声で話しながら西瓜を食いはじめると間もなく、となりから、鳥の啼くような声がしだした。

「カンゴフサン、カンゴフサン。スイカ、スイカ、マチマシタ。スイカガ、イリマス。アタシモ、スイカ。イリマス、イリマス、イリマス」

伯母は片手に西瓜を持って食いつづけながら、汁のたれる片手で看護人を指しながら、となりへも別けるように、と云った。看護人はこたえた。

「いや、あれはいま下痢しとるです。便器があるのに、外へばかりして、床板も壁もクソだらけにしましたから、この間もうんと叱ってやりました」

信太郎は、彼女が、どうしたことか全裸で四つ這いになって、床の上を這いまわっているのを、窓から一度覗いたことがある。二十歳ぐらいの、顔は一層あどけない少女のような女であった。

「スイカー、イリマス、イリマス、イリマス、スイカー、イリマス……」

しわがれた、奇怪な抑揚で、その声は叫びつづけている。声はますます大きくなり、

早口に、流れるように、たてつづけに、繰りかえされる。信太郎は、その声に気力を落すべきではないと思った。あくまでも西瓜は食いつづけなければならない。……しかし、叫び声が大きくなるにつれて、ふくれ上ったり、のびたりして、これ以上は苦痛の表情もあらわれようがなさそうな母の眉根に縦ジワがよるのを見ると、やはり、その気力は失せた。そして結局は、伯母と看護人が食い残した西瓜や皮を手早く片附けて、炊事場へ棄てに行くことになった。

その間にも、部屋の温度は上りつづけた。母の唇を、脱脂綿にふくませた水で、伯母と父とがかわるがわる拭ったが、拭う間もなく蒸発した。しかし口の中にしたたる水分がすこしでも多いと、母は喉を苦しそうに動かした。そのとき、看護人が、「女房がジュースを作りましたので」と云いながら、手に黄色い液を入れたスイノミを持って入ってきた。「病人は、やっぱり食べんといかんですよ。何か腹の中に入っていないと、精がつかんのです」と彼は云った。

しかし、いまの状態でこの病人に何か食べさせることができるだろうか……。

「なんとかやってみましょう、なんとか」看護人はそのジュースを、どうしても病人の口に入れさせたい様子だった。そして、それを絶対に止めなければならないという理由や、根拠は、誰も持ってはいなかった。

看護人は床に腹這いになると、左側にややかしげた母の顔に近よって、入念に口の中をのぞきこんだ。頤がはずれたように垂れ、乾いた舌が左の内頰にくっついているのが見える。看護人はスイノミの先で舌を凹みの出来るように押した。それから凹みの上に一滴、黄色い汁をこぼした。汁は乾いた舌にジワジワと滲みとおるようにひろがり、喉の奥へ滑りこんだ。母の眉はピリッとうごいたが、呼吸は無事に続いた。

「うまい……」

看護人は声をあげた。彼は同じようにして四滴五滴と舌の上に汁をたらして行った。最初の一滴よりも、うまく行った。つづいて彼は二滴ほど一ぺんにしたらせた。つぎには三滴ほど、すこしずつ量をふやしながら次第に注ぎこむ速度をはやめた。いまは舌の表面にほとんど乾いた部分がなくなった。彼はスイノミをかざして目盛を読んだ。茶匙に一ぱいほどの汁液が母の口の中をしめしたことになる。……「もうすこし、やって

みましょう」と、こんどは舌の凹みでなく横から流しこむようにした。糸を引いたように、黄色い汁が舌と内頰の合せ目をつたって喉へ流れた。
「うまい！」
　看護人は、もう一度声をあげた。そのとき、母は顔をしかめて、咳きこんだ。と、舌に押されてスイノミの先から、ぽとぽとと、汁液がこぼれ落ちた。母がさらに咳くと、スイノミの先が危く上顎に刺さりそうになり、その拍子に舌の奥半分が一度に黄色い汁に染った。
　母は喉の奥で、ごろごろと、痰のつまるような音をたてると、急に眼をみひらいた。一呼吸ごとに黄色い汁がアワになって舌の上に出てくる。そのたびに干上ったポンプのような音がして、呼吸はそれまでの十倍ほども早くなった。
　看護人は、ものも云わずに部屋から駈け出した。……何分間かのちに、医者がやってきたときには、母はわずかにカスれた音をたてながら、間遠に息を吐き出すばかりだった。医者は立ちはだかって、しばらく様子をながめると、胸を開かせて聴診器を当てた。右の胸に三度ほど、そして最後に真ん中のあたりに、一度、すこし押しつけるように聴

診器を当てた。すると、まるでその軽い一と押しがピリオドを打ったように呼吸は止った。つづいて赤黒い顔や手先から、吸い取られるように色が消えた。医者は立ち上ると、部屋の外に立った看護人を呼んだ。看護人は眼鏡のおくに見ひらいた眼を医者に向けた。医者は腕をのばすと時計を読んで、「十一時十九分」と時刻をカルテにうつさせると、いつものように大股に部屋を出て行った。

すべては一瞬の出来事のようだった。

医者が出て行くと、信太郎は壁に背をもたせ掛けた体の中から、或る重いものが脱け出して行くのを感じ、背後の壁と〝自分〟との間にあった体重が消え失せたような気がした。そのまま体がふわりと浮き上りそうで、しばらくは身動きできなかった。

看護人が母の口をしめ、まぶたを閉ざしてやっているのに気がついたのは、なおしばらくたってからのことのようだ。看護人の白い指の甲に黒い毛が生えているのがすこし不気味だったが、彼の手をはなれた母を眺めるうちに、ある感動がやってきた。さっきまで、あんなに変型していた彼女の顔に苦痛の色がまったくなく、眉のひらいた丸顔の、

十年もむかしの顔にもどっているように想われる。……そのときだった、信太郎は、ひどく奇妙な物音が、さっきから部屋の中に気がついた。肉感的な、それでいて不断きいたことのない音だ。それが伯母の嗚咽の声だとわかったとき、彼は一層おどろいた。人が死んだときには泣くものだという習慣的な事例を憶い出すのに、思いがけなく手間どった。なぜだろう、常人も泣くということを彼は何となく忘れていた。その間も絶えず泣き声がきこえてきて、その声はまた何故ともなく彼を脅かし、セキ立てられているような気がした。ついに彼は泣かれるということが不愉快になってきた。それといっしょに、泣き声をたてている伯母のことまでが腹立たしくなった。あなたはなぜ、泣くのか、泣けばあなたは優しい心根の、あたたかい人間になることが出来るのか。一方、伯母のとなりでは父が立て膝をついて、大きな頭を両手にかかえこんでいた。……泣いている老婆すると、その瞬間から彼は何ともシラジラしい心持になってきた。と頭をかかえこんだ老人のうしろを、看護人が殺気立つような気配で廊下を駈け出して行ったかとおもうと、大きな丸いニギリメシに箸を突き立てたものを、ひどく神妙な顔つきで運んできた。母の枕元に、それと水を入れた茶碗を置くと、廊下ごしに窓からこ

ちらを覗いている患者たちを叱りとばしながら、また何処かへ駈け出して行く……。それを見ると、ふと、この男は母の死ぬまえに苦にして、気まずい思いを避けるために、あんなに跳びまわるのかとおもった。もしそうなら、そんなことは気にしないでいい、と云ってやりたかったが、こちらの顔をほとんど見ないようにしているらしく、その機会はつかめそうもない。——もっとも、この男の方から追いすがるような眼つきで、こちらを見られたとしたら、それはそれで、苦しい弁解でもきかされそうでこちらが逃げ出すかもしれないけれど……。
　嗚咽の声に悩まされながら、そんなことを考えているうちに、信太郎はもうこれ以上、自分がこんなところに坐っている必要は何もないはずだ、と思った。彼は即座に立ち上った。部屋を出るとき、伯母が真赤な眼を上げて、怪訝そうにこちらを見たが、そのまま出てきた。
　戸外の土を踏んだ瞬間、信太郎はふらふらとメマイの起りそうな気がした。頭の真上からイキナリ強烈な日光が照りつけて、眼をつむると、こんどは足もとが揺らぐように

おもった。やはり、かなり疲れているからにちがいない。それに、ここ一週間以上、八日か、九日の間に、一度日除けを買いに出掛けたことをのけると、日中こんなふうに外へ出たことはまったくなかったせいでもあるだろう。運動場へ出たのは、いつも夕暮どきか、夜だった。

——九日間、そのあいだ一体、自分は何をしていたのだろう。あの甘酸っぱい臭いのする部屋に一体、何のつもりで閉じこもっていたのだろう。たとい九日間でも、そのあいだ母親と同じ場所に住んでみることで、せめてもの償いにするつもりだったのだろうか？ 償いというにはあまりにお手軽だとしても、しかしそれなら一体、何のための償いなのだろう、何を償おうとしていたのだろう？ そもそも母親のために償いをつけるという考えは馬鹿げたことではないか、息子はその母親の子供であるというだけですでに充分償っているのではないだろうか？ 母親はその息子を持ったことで償い、息子はその母親の子であることで償う。彼等の間で何が行われようと、どんなことを起そうと、彼等の間だけですべてのことは片が附いてしまう。外側のものからはとやかく云われることは何もないではないか？

信太郎は、ぼんやりそんな考えにふけりながら運動場を、足の向く方へ歩いていた。
――要するに、すべてのことは終ってしまった――という気持から、いまはこうやって誰にも遠慮も気兼ねもなく、病室の分厚い壁をくりぬいた窓から眺めた〝風景〟の中を自由に歩きまわれることが、たとえようもなく、愉しかった。頭の真上から照りつける日射しも、いまはもう苦痛ではなかった。着衣の一枚一枚、体のすみずみまで染みついた陰気な臭いを太陽の熱で焼きはらいたい。海の風で吹きとばしたい……。そのとき、いつか海辺を石垣ぞいに歩いていた信太郎は、眼の前にひろがる光景にある衝撃をうけて足を止めた。

岬に抱かれ、ポッカリと童話風の島を浮べたその風景は、すでに見慣れたものだった。が、いま彼が足をとめたのは、波もない湖水よりもなだらかな海面に、幾百本ともしれぬ杙が黒ぐろと、見わたすかぎり眼の前いっぱいに突き立っていたからだ。……一瞬、すべての風物は動きを止めた。頭上に照りかがやいていた日は黄色いまだらなシミを、あちこちになすりつけているだけだった。風は落ちて、潮の香りは消え失せ、あらゆるものが、いま海底から浮び上った異様な光景のまえに、一挙に干上って見えた。歯を立

てた櫛のような、墓標のような、杭の列をながめながら彼は、たしかに一つの"死"が自分の手の中に捉えられたのをみた。

宿

題

弘前の小学校から東京青山の南学校へ転校したとき僕は五年生になっていた。南学校は府立の中学へたくさん生徒を入れるのが有名で、母は僕を南学校へ入れるために父が赴任しないうちから東京へ出てくるさわぎだった。母は帝大へ行くためには府立の中学へ入らなければならず、そのためには南学校でなければダメだと信じていた。そのかわり僕が南へ入校することになると、もう府立は大丈夫だといかにも官吏の細君らしい考え方で、すっかり安心した。
　弘前では読本を標準語の発音でよめるのは教師もふくめて僕だけで、優等生にされるのにはそれで充分だった。先生はときどき「ヤシオカにまけるな」と、前からいる出来る子をはげましたが、どう努力してみたところで、その点では僕に敵うものではなかっ

た。だから東京へきても僕は読本をよむのは得意だった。僕が読みだすと、まわりが変にシーンとなる。しかし、それが僕の四国弁と東北弁と植民地言葉のごっちゃになったナマリのせいだとは知らなかった。読み方はそれでも、まだよかった。算術や理科となると僕にはまるで見当が附かない。そのはずで五年の一学期がやっとおわろうとしている所なのに、南学校ではもう六年級の学科にとりかかっているのだ。先生は出来ない僕を叱ったつもりでいたが、僕にはそれがすこしも通じなかった。ただ僕を机の前にいつまでも立たせておくだけのことだ。弘前ではちがった。軍縮で廃止になった兵営がそのまま校舎で、教室と廊下とは銃架で分れており、先生が怒ると子供たちは本物の営倉に入れられた。僕らもその罰がひどすぎるとも思っていなかった。許してやろうとして牢屋に近づく先生を、中から「コケコーロー、コケコーロー」と変なニワトリの鳴きマネで悩ます子もいた。

何も知らないうちに、一学期がおわった。通信簿をあけてみると、おかしなことに甲ばかり並んでいた。中学校への内申書のためにそうなっているのだと云うことは、大ぶ後になってわかった。

東京の夏休みは、いやにながったらしい。弘前の夏休みは八月一日からはじまり三十一日でおわったが、東京の学校は七月二十日から八月末日までだ。僕は一日、円タクで鎌倉へ行っただけで毎日一人で家にいたので、すっかりあきた。あらゆる科目の分厚い宿題帖を十冊以上もわたされていたが、そんな物は僕はひろげてみもしなかった。宿題と云うものがどんな事なのだか僕はしらなかった。学校では、何処へも行かない子のために「健康体育週間」というのをやっていた。アスファルトの運動場に裸の子どもを立たせてゴムのホースで水を浴せかけたりするのである。僕もそれに三日ばかり出た。僕は女の子のクビツリ靴という足首でボタンでとめる靴がすきで、それをはいている子は、よく綺麗にみえた。教室には男女組は一つもなかったが、休みなので僕らは一しょに遊んだ。午後からは雨天体操場で、手品や百面相やお話やトーキー映画があった。僕はそのクビツリ靴の女の子のとなりで、それを見ていた。……暗くなると、うす黄いろく汚れた窓掛けの幕の上にユラユラ光の波がうごいて、やがてぼんやりと進んでくる軍艦の写真がうつる。軍艦は幕の上でグラグラゆれながら、にょっきり大砲をのばして砲先き

から白い煙を吐き出す。僕は映写機の方を見るふりをしながら、こっそり隣をのぞきこむ。チカチカ燃えるカーボンの光に青白い顔がうかびだしている。フィルムのすれながら走る音のしばらく後に突然、耳もとのラウドスピーカーから「ドン」と砲弾のハレツする音が聞えると、いきなりあたりが明るくなる。少女はびっくりして僕を見て笑う。……ところで僕らは芝居ごっこをすることになった。すると、れいの少女は「この人は田舎のモダンボーイね」と僕の役割をきめた。僕はその言葉がいつまでも気になった。裸で運動場を駈けていると汗でぬれた体に塵がくっつく。僕はその汚れかたが自分だけ特別田舎クサイような気がして、ホースでばしゃばしゃ洗うのだが、いくら洗ってもすぐ汚れてしまう。それきり僕は体育週間をやめにした。

そのとしの夏休みには従姉のサダカさんの結婚式があった。場所は学士会館だった。そこでは前に父と母で西洋料理を食べたことがある。そのあとで母は僕の洋食のたべ方が見っともなくてボーイに対して恥ずかしかったと云ったので、その日僕はご馳走が心配で、そのことばかり考えて行った。ところが僕の予想は、はずれてしまった。僕は生れてはじめて神主を見たのだ。神秘的な水色の着物に黒の帽子とポックリ下駄の姿で、

赤い袴に白い着物の女のひとを家来のように使っている男は、魔法使いかと思ったくらいだ。ふり廻す白いオハライが僕の頭の上でサアサアと鳴ったとき、僕はたしかに神様のにおいを嗅いだ。やがてその人は祭壇にむかって意味をなさないウナリ声を上げはじめた。その声はあまりに奇怪で、窓の外から聞えてくるものとしか思えなかった。

「へんだな、牛が鳴いてるよ、お母さん」

ささやきかける僕に母は青い顔をして、はげしく頭をふったが間にあわなかった。笑いは、たちまち部屋全体に伝染した。僕は無礼者の張本人として部屋から追い出された。恥ずかしい一心で僕は夢中で屋上へかけ上ったが、そこから目のクラむような遠い地面を、アリのように走っている自動車や電車をみていると、こんどはまた心配すぎてあんなにイヤだったご馳走が、いまはもう食べられなくなったと思うにつけて、たまらなくウマそうな気がして来た。……そのことがあって何日もたたないうちに、その結婚式に列席していたサダカさんの叔父さんがピストルで自殺した。

だいたい僕には、芋部という姓からして従姉たちの一族は変に思われる。芋部の家はもと田舎の大金持だったが、いまは伯母とサダカさんとその弟の帝国大学一年生の重ち

やんとが三人で、青山のアパートの三階で暮している。伯父は僕がまだ学校へも行かない子供だった頃、株で失敗して気違いになって死んだ。伯母は昔のくらし向きが良かったことを自慢するのに、孔雀を庭に放していたとか云うことよりも、従兄に純ネルの腰巻きしかさせなかったと云うようなことで僕を驚かせた。そのため従兄は学校へ行くようになってからもサルマタをはくのを怖がって腰巻きしかせず、だから運動会へも出ることがないと云うのだ。従兄は、そんなことから僕には赤ん坊と大人とが混ざり合った変な人間に思える。スモウ好きの重ちゃんは方眼紙で作ったスモウ取りの人形をミカン箱にいっぱいつめて持っていた。机をトントン叩いて人形のスモウをたたかわせるのである。芋部重松という名前は、僕なら恥ずかしくてたまらないのだが、「易学上、理想的によい名前だ」と云って、机や本箱やいたる所にオマモリのように筆でかいて貼りつけていた。そんなときは反対におそろしく老人くさくもあった。僕はそんな従兄は好きではなかったが、どこか二人は気が合うところもあって、自分で似ているような気もする。重ちゃんは頭のよくなる薬だと云って、秘密にこっそり引きだしを開けて、ビンに詰めた青い水やカン入りの丸薬を僕にだけ見せてくれたりするのである。

宿　題

それは日の暮れがただよだった。夏休みも半分ぐらいまで来たところで、僕らは晩ご飯がすみかけていた。玄関から声がして行ってみると重ちゃんがひとり立っていた。影になって顔は暗く、眼も口も見えなかった。
「おばやん、これ」とさし出した手はふるえていて電報の紙がガサガサ鳴った。僕には重ちゃんが何を恐れているのか解らなかった。彼の叔父さんが株で財産を全部なくした。それで二人の子供（一人は僕と同いどし）をピストルで撃ち殺して自分も死んだ。そのピストルは重ちゃんのお父さんが死ぬとき使ったものだ。……そんなことを聞かされても、どうしても重ちゃんがふるえるのかは解らない。しかし僕は、この夕暮の場景が恐かった。それ以来、灰色の水が詰って腫れあがったような大きなヒタイと近眼鏡をかけた暗い眼つきの重ちゃんの顔が、バクゼンとしたある不安を僕に起させるようになった。
毎日が実際ながったらしかった。重ちゃんと話すのは、つまらないし、近所の子とゴロ・ベースをやるのも張りあいがなかった。近所には大工や天理教の坊さんの子がいたが、その子たちは南学校へは行かず、かえって遠くの山小学校へかよっていた。僕らの遊び場は「島津さん」と云う、家の建ってない広い空地で、僕はそこの塀にのぼって隣

の家の木からネズミ色の毛のはえたビワの実をもいで食べた。しかしビワもなくなると「島津さん」もつまらなかった。毎日午後になると銭湯は、海どころか玉川へもつれて行ってもらえない子たちで、いっぱいになる。ゴムの浮ぶくろや木にエナメルを塗った手製の潜水艦をもちこんでくるのもいる。しかし僕にはそれは、ばかばかしかった。一度だけ百数えるまで湯の中にもぐって、そんな連中を驚かしたことがあったが、僕がすることとなると、

「ドンカンだね」と云うのである。僕は退屈していた。僕は別に腹が立つのでもなかった。そうかもしれないと思うだけだ。ただ自分の中でたまらなくイラだたしいことがあった。そんな連中を馬鹿にしようとかかったわけでもなく、ある日帰りしなに番台のおばさんがツリ銭をまちがえてよこした。最初からゴマかす気じゃなかったが、くれたのは六銭だ。トクをしたうれしたのは五銭で一銭もらえばよかったのだが、くれたのは六銭だ。トクをしたうれしさだけで、僕はそのまま風呂屋をとび出した。駄菓子屋の前で、ようやく僕はためったが六銭全部、新高の風船ガムを買ってしまった。チューインガムは僕は嫌いなのだ。蠟紙のかわをむいて口の中へおしこみながら恐ろしさで火をのむような気持ちがした。

新高のは特別大きくて全部口にいれると舌が動かなくなった。家までは、あまり遠くない。門のまえで粕を吐きだして一銭だけ母の手前、のこしておくべきだったことに気がつき、お釣をもらうのは忘れたことにした。母は簡単に信用してくれた。……しかし、あくる日になると僕はもうゴマかすことの面白さしか考えなかった。はじめ、おばさんは一銭しかよこさなかったが僕がだまって立っていると、洗い場の方をむいたまま、五銭玉をつまんでよこした。こんどは僕はきっちり五銭の買いものをした。その次の日、僕はまたやった。次の日も、次の日も同じことが毎日つづいた。毎日チューインガムだった。嫌いなので五銭ぶんのガムは家につくまでには食べきれず、寝床の中でも口を動かしていなければ間に合わなかった。ちっとも面白くないが、それでもやめるわけにはゆかない。どこまで嚙んでも歯ごたえがないが、そのくせ一向溶けてこないゴムのかたまりがしゃくにさわった。頤がわれるまで嚙んだって、こいつは消えやしない。一日中僕は、桶と桶とがぶっつかってポコンポコン鳴っている風呂屋の湯気にまかれているようなものだった。何をやっていても番台のおばさんのことを考えるとイヤ気がさし、二階へ上って寝ころぶ。お日様がだんだんタタミの上にさしこむ頃になると、足のうらが

ムズムズしてくる。とうとう時間がやって来て石ケンと手拭をさげると、説明しようのないある期待で僕の胸は水を吸ったように重くなる。何かしら、きょうこそはと思う。しかしやっぱり、おばさんは知らん顔で五銭よけいにくれるだけだ。夜ねむっていて僕は、鬼が僕の髪の毛を引ッぱっている夢で、目をさました。電気をつけてみると、僕の頭はチューインガムでふとんに貼りついていた。

僕は銭湯で同級生の大熊君に会った。その子はナニワ節のような声で話すし、その他やることは何でも大人にそっくりで風呂の中でも、手拭いをシュッとひねって背中をこすり、オケをぽんと叩いてパッパッと水をかぶる。学校でもわりあい出来る方で、おこられたことは一度もない。額がすこし禿げあがっていて、その子が頭をふりながら先生の話をきいている所は、まるで教室の中にオジサンが一人いるみたいだ。大熊君は豆シボリの手拭いをたたんで頭にのせ、目をつぶって湯につかっていたが、僕がどぶんと入って行くと、目を細くあけて、

「お前、宿題をやったか。休みは、きょうを入れてあと八日だ」

と云った。僕はびっくりした。僕はこの大熊のひと言で突然東京の子の仲間に入れら

宿題のもっている義務感が、はじめて僕にったわってきた。僕は小さな声で「まだ」と云っただけで、あとは何を話す元気もなくなった。聞いておきたい話はいっぱいあったはずだ。しかし部屋のすみに積みあげたまま、ほうり出してある宿題帖の山の厚みが、すぐ頭にきて他のことは何も考えることが出来なかった。家にかえると僕は、誰にも見られないように、こっそり宿題帖をひらいた。眼は、しかし活字の上をすべるばけだった。どんな事を書いてあるのかサッパリわからないまま、たいへんな事になったとアセるばかりだ。あと八日だ」と云う声が耳にのこって、「ネギを生で食べると頭がような晩ご飯はスキヤキだったが、肉が胸につかえて、煮えかけのネギばる」と従兄の重ちゃんが云ったのを憶いだして信じようとしながら、かりよって食べた。御飯がすむと、お膳のそばにのこっているのも落ちつかないが、二階へ行くのも宿題帖があるのを思うとイヤだった。第一僕が晩ご飯のあとで電気をつけて机に向っているところを、お母さんが見ればきっと怪しむにちがいない。お母さんが東京の小学生を知らないのは僕以上だ。そして府立の学校をあこがれるのも僕以上だ。だから、この一行も書いてない帖面をみて、それが夏休みの宿題だと知ったら、心配す

るのは僕以上だ。僕はいまさら勉強するわけにも行かなかった。これはどうしてもテツヤをするほかはない、と僕は考えた。テツヤと云うのは従兄がよくいう言葉で、非常に威力があるように思えた。もちろん秘密にしなければならないので、僕は寝床の中で父と母とが寝しずまるのを待った。すっかり音がしなくなったら、こっそり起き出して先ず物ほし台へ上って深呼吸しよう。それから、それから、と想像しながら暗い部屋で眼をあけて待っているのだが、いつまでも話し声がきこえたり、あたりは静まらない。……僕は目をちょっと閉じることもある。しかし眠りはしない。だが安心して起き出せるほど静かにならないうちに、不思議に物ほし台にはカンカン日があたっている。毎朝僕は、物ほし台に上って空をみながら、失敗した計画をおもってタメ息をついた。本当は、言訳だけで借金とりを追いはらった人の、ほっとした一息だった。

一日ごとに日は短くなる。夕方のくるのが早くなるのが僕にも解った。僕は、もう二階で寝ころんでナマケモノに見られるのがおそろしく、せっせと外で遊ぶフリをしながら、夜のくるのを待った。暗くなるときの気持は、なんとも云えないものだ。消えてし

まった一日のために、それだけ荷の重くなる宿題と、近づいてくる厭な勉強の時間のことで僕の胸は、あたりの空気と同じくだんだん黒くなって行く。晩ご飯がすむと、もう早速、僕はふとんの中だ。夜中に起き出す冒険のことを考えると、イライラして、起きてはいられなかった。ふとんの中で眼をさますために、チューインガムをぐしゃぐしゃ嚙んでいると口中ににおってくるハッカの臭いで、ふと、つい此の間までの怠けていられた頃のことがかえってなつかしく思い出された。

僕が、たった一しゅん間眼をつぶるうちに、もう日は次の日にまたがり、たちまち学校の始まる日はあと一日に迫った。その日の午後、僕は近所の大工の子と喧嘩した。僕は殴られて血を出した。あんな大喧嘩はこれまでやったことがなかった。その子は、もう高等科へ行っていたが、ふだんから僕が「島津さん」で遊んでいると、ときどきフラリとそばへ来ては——「自分の妹は生れたとき九百目あった。だからクメ子と云う名前だ」なんて云って、またすぐツマらなそうに何処かへ行ってしまう。僕はひとりで島津さんの柿の木にのぼって、サルカニ合戦の話を思い出していた。僕は野球はやらない。大勢やっていると、打つ番が来ても、みんなは忘れたフリをして僕をとばしてしまう。

しかしそのことは何でもない。困るのは、そのときお母さんがそばを通りかかることだ。誰にも相手にされずにボンヤリ立っているのを、知っている人に見られるくらいイヤなものはない。それを用心して僕は、サモ面白そうに枝にまたがって青い柿をちぎって投げていた。気がつくと、あの大工の子が汚い着物をきて帯に手をはさんで、下から僕を見上げている。何故だろう？ とつぜん腹が立ってきて、僕は、ちぎった柿をガリガリ嚙んで、ツバといっしょに吐き出した。ヨダレは曲りながら落ちた。その子は何か云った。

「カキクケコ。カキクケコ」

僕にはそう聞えた。夢中で飛び下りると、ハダシのままその子に組みついた。大工の子は、はるかに強かった。崩れかかった煉瓦の塀のそばの、でこぼこした地面の穴ボコに僕は組み伏せられてしまった。脚をふんばって、馬乗りになっている子を下からハネかえそうとするが、力を入れても入れても、肩が柔い土の中にメリ込んで行くだけだ。ツバをひっかけようとしたら口の中へ赤土のカタマリを押しこまれた。鼻の穴も耳の穴も、眼の中も、顔じゅう土だらけになった。ようやくハネとばしたと思ったときは、そ

の子はもう立ち上って、騒ぎたてる子供たちを尻目に帰りかけるところだった。僕は石をつかんで後から二三発、投げつけたが当らなかった。

シャツの袖は肩から切れてなくなり、体は血と泥まみれになって、痛さよりも母に言訳するのがつらかった。しかし母は、怒るよりもさきにアキれていた。僕はその間にサッサとお金をもらって風呂屋へ行った。悪いことは重って起るものだ。僕が出るときももらったのは十銭だった。これまで風呂へ行くときは、いつも五銭玉ばかりもらうようにしていたのに。僕は番台へわたしながら、ようやくそのことに気がついた。……帰りがけ、おばさんは一銭しかおツリをよこさなかったのである。僕は、いつまでも立っていた。しかしムダだった。おばさんは僕へ顔を見すえながらケヤキ板の上にのせた一銭銅貨を、さらに前へつき出した。もう、これで駄目だ。あらゆることが全部おわってしまった。どうなることかと思いながら続けていたこのインチキも、とうとうあっさりケリが来た。僕はいままでが、途方もない幸運にめぐまれていたような気がした。そしてこのひと事が、僕のこれからの災難を暗示しているのではないかと云う迷信で、アンタンたる気持ちになりながら、おじさんが店の奥から怪しそうな顔つきでこっちを見ている

いつもの菓子屋の前をとおりすぎた。
家にかえると僕は仕方なしに云った。
「僕らが、いつもあんまり泳ぐから今日は特別、十銭だってさ」
この考えは案外にも成功した。母は笑い出した。そして僕が喧嘩をしてしまったようだった。すっかり母は上機嫌で隣の家の人にまで、面白そうにこのことを話しているので、僕はすこしヒヤヒヤしたぐらいだ。
夏休み最後の日は、電車通りにある善光寺様のエン日にあたっていた。日が暮れるとゾロゾロはげしい人通りだ。父は留守で（しょっ中父は出張ばかりさせられている）僕は母と見物に出掛けた。ちょうど島津さんの空地のまえで西郷という子から声をかけられた。その子は低いがガッシリした体つきで、デッド・ボールのときは組中で誰よりも物凄い火のような球を投げてよこすのだ。そんな子が声をかけてくれるとは意外だった。ながい休みのあとで、ヒョックリ顔をあわせると、僕らは探検隊が山の中で出会ったような親しみがわいた。西郷は姉さんと一しょだった。葉だけで別れたが、別れぎわに僕は姉弟の声をききつけた。僕らは一層男の子らしく簡単な言

「あの子、なんて子？」

西郷がこれに答える。姉さんの声は遠くからだが、ハッキリきこえた。……「可愛い子ね」

僕は、それですっかり嬉しくなった。店々のマタタく灯をみながら、東京へ来て始めての友達を見つけたような気がして、弘前であつめて秘蔵している猿飛佐助の写真を半分、西郷にやろうかと思ったくらいだ。歩いていて心がハズむようなことは、ずい分しばらくないことだった。善光寺様の本堂は立ちこめるお線香の煙とローソクの焰で、全体が花火のように浮きあがって見えた。僕は、お母さんの手をグイグイ引っぱって歩きながら、まるで酔っぱらったようにシャベリどおしにしゃべった。何と軽率なことだろう。あれほど警戒していたくせに、友達のことから、学校のことまで作りごとを交ぜながら一生懸命話していた。境内には夜店が行列していた。鈴のついたオマモリ袋や、ハッカパイプや、新発明の大根オロシ器は、つまらなかったが、ブリキ製のシャープペンシルに気をひかれた。赤と青のシンが普通の文具店で売っているのとはちがった仕掛けで出てくるやつで、色眼鏡をかけた人が函のなかから一本一本、大事そうにとり出して

は、どんな風ににぎってもラクに書けることを示すために斜にもったり真直ぐ縦にもったりしながら、マルや三角やウネウネまがった線をひっきりなしにかいていた。いつ迄も見ようとする僕を母が引ッぱったが、あきらめにくかった。
「——あんなのがあると地図をぬるとき便利なんだがなア」
効果はあった。しかし、どっちかと云えばお母さんはまだフトコロの中の財布まで手をもって行くのがメンドクサそうに見えた。僕は手をゆすぶりながら、つい云った。
「宿題になってるんだよ」
お母さんは僕を見た。もう、すこしだ。僕はヤッキになって考えずに云った。
「ウンと出てるんだ。夏休みの宿題がこんなにあるんだ」
金を出しながら母の眼は急に、けわしく光りだした。冷いエンピツを手に、にぎらされてようやく僕は苦心して掘ったオトシ穴の中に自分からはまりこんで行くのを知った。
もう一刻もはやく家へ帰りたかった。ただそれだけだ。
母は何も知っているわけではなかった。子供がソワソワするのを、うれしがっていると感違いした。七月二十一日の日附けから真白のままの宿題帖をみて、はじめて母はギ

クリとした。しかも、そのあとから九冊も白紙の帖面がでてくるので、一ぺんに僕以上の厭世観に取りつかれた。泣き出した母を見て、僕はどうしていいかわからなかった。
「お前も死になさい。あたしも死ぬから」
と云うのをきいて僕は、それもいいと思った。しかし母は、いきなりガス管をもってこいと云ったくせに、僕が台所へそれを取りに行こうとすると、いきなり僕を引きずって机の前につきすわらせ自分もエンピツをもって帖面にしがみついた。もうこうなっては仕方がない。母と僕は帖面をドッぱしから、よごすことに熱中しはじめた。一分間も休むヒマはなかった。腕が重い棒みたいになって指からエンピツがころがり落ちそうになる頃、僕は宿題のやり方が、だんだんわかって来た。迷わないで書けるようになった。算術は答だけ書くことにした。二十三桁ものものすごいカケ算も、数字だけ書けば一分間で七題でも出来た。応用問題のツルカメ算も、問題を読まないでも、ツル十ぴき、カメ三びきと書けば、それでもすんだ。どうせ考えて間違えるぐらいなら同じことだ。僕がスバラシイはやさで片づけはじめると、母は競争心を感じた。
「北海道ノ主ナル海産物ヲ九種類アゲヨ。ソシテソノ産地ト一年間ノ収穫高ヲ書ケ」と

云う問いにぶつかって、かんしゃくを起しながら、「コンブ、まぐろ、かつお、……」などと大きな字で書きはじめるのだった。
しらないうちに明るくなった。あんなに大冒険だと思っていたテツヤも、やってみると、はかないものだ。それよりも明日がそのまま消えて今日になってしまったことが、何かにダマされたようだ。朝モヤの中から射してくる日が、なんとポカポカ暖いんだろう。宿題が終ったのは七時で、それでちょうど良かった。あんまり早く出来てもデタラメな答案が気になるところだった。

九月一日は勉強はなかった。教室では級長が宿題をあつめた。この子のために僕は一度昼休みにパンを買いにやらされたことがある。級長が忙しい役目だと云うことを知らせるつもりだったらしい。復讐する気じゃなかったが僕は蛸パンと云うタコの踊っている形のパンを買ってやった。するとそこへ彼のお母さんがサンドウィッチをとどけにやって来た。その人は息子が蛸パンをもっているのを見て機嫌を悪くした。級長はお母さんの前でオドオドしながら僕を恨みっぽい眼つきでにらんでいた。宿題帖をあつめながら級長はどう云うわけか僕のを一番下にばかりした。そいつは偶然のことかもしれない。

だが僕の方は、それでゴマカシの宿題がすこしは助かるような気がした。宿題が全部あつまると、金原先生は云った。
「お前たちの休みはこれで終った。再来年の春、お前たちのこれからの一生を左右する試験のすむまでは、もう休みはない」
　お前たちの一生を左右する、と云うのは南学校全体の合い言葉で、式のとき、朝礼のとき、その他しかられたり、あらたまったことのある時はいつでも出てくるし、綴方の最後はどんな題でも「いよいよ僕らの一生を左右する試験が……」と、みんながかくのだ。金原先生は普通の人とちがって耳の下からアゴが四角く出っぱっている。物を云うときは、その函のようなアゴがぱくぱく動いて大きな前歯が出るので、そばに近よると嚙まれそうな気がする。僕はたしかに金原先生を恐ろしい人だと思いこみだしていた。
　夏休みまえはこんなことはなかった。先生は僕らの机の間を固いスリッパの音をたてて、ぐるぐると歩きながら、
「きょう宿題をもって来なかった人は？」と、立つように命じた。僕は心配と安心の交った落ちつかない気持ちで、ガタガタと机の金具を鳴らしながら幾人かが立つのをみて

いたが、その中にあの大熊が入っているのに驚いた。しかも先生は、その子たちの顔をひと通りながめながら、

「よろしい」

と云っただけだ。それから席順のいれかえがはじまって、僕は前から五番目の、ちょうど教室の真中ごろへ入れられた。さっき立たされた十人ばかりは窓から一番遠い席へ縦に一列に置かれた。学校はもうそれで終りだ。何のことだか僕にはサッパリわからなかった。ふだん一日ぶんの宿題を忘れて来たときでもその時間中は立たされるのに、それもしない。なおさら、おかしいのは大熊君だ。……僕は帰りの途で考えた。先生は大熊君が出来る子なのを知っていて許したのだろうか。だとすると宿題といっても別にたいした事ではないのじゃないか。大熊は、僕を田舎者だから驚かしてやれと思ったんだろう。あいつはただ「宿題やったか？」ときいただけだ。スズキの豚公まで叱られないはずはない。それなら東京の学校だって何もウルサく云わないのと云えばそれで、よかったんだ。弘前じゃ宿題なんて、誰も知りゃしない。先生だって知ってたかどうか、怪しいもんだ。

が本当だ。もし宿題をやって来ないのが悪いことだとして、そのために立たされるのだったら、弘前の学校は悪モノのあつまりで教室に椅子は一つもいらなくなってしまう。……結局、ふだん宿題をやって来るのは、立つのをいやがる連中だけだ。やつらは足が弱くてガマン強くないのだ。……実際のところを知らないのは僕だけだった。その日宿題をやって来なかった大熊たちは高等科へ行く子だった。そんな子は勉強のことでは、どんなにナマけても怒られない。反対にどんなに勉強したって全甲はもらえない。内申書の席次を、ほかの子にゆずってやるために。

変ったのは教室だろうか、それとも僕自身の方だろうか？　毎日僕は学校へ「立ち」に行きながら、何となく様子が前とちがっているような気がする。授業のはじめにまず先生は、帖面を机の上にひらかせて、その日の宿題をやって来たかどうかをしらべにかかり、出来なかって来ない子を立たせる。それからすぐに問題のやり方をやった者はしばらく立たされる。級長の橋本君が一度、算術をまちがえて立たされた。すると背の高い橋本君は机に手をついて泣きそうな顔になっていた。僕には、どうもわからなかった。何がそんなに悲しいのだろう。すぐまた坐れるのに、一時間中立たされて

いる僕にくらべたら、ずっと楽じゃないか。そのことから僕は、何ごとも気の持ち方次第で、つらいことも愉しくやって行けるものだと考えた。ところが近頃になって、ただぼんやりと立っているのが、とてもやり切れないほどイヤになることがある。金原先生の函みたいに開く口が怖くなったのとは別だ。重苦しい変な気持で、アクビは出ないが退屈に似ている。僕は先生が話し方をかえたんじゃないかと思う。先生の話なんか、きいていないようで案外、きいているものだ。前は、立ちながらいろんなことを考えた。スキーで坂を降りるとき、雪の面にトゲのように枝先を突き出しているリンゴ畑へ滑りこむこと。橇の中からお嫁さんが出てくること。お嫁さんの足に生えていた毛。重ちゃんの腰巻き。なわ跳び。靴。石蹴り。……カニが吐き出すアブクのように頭にわいてきた。しかしいまは、なんにも出てこない。はやく時間がすぎないかとか、ベントウが食べたいとか、も思わない。遊ぶのは、きらいだ。そんなことではなく先生の話し声が前とちがって気になるのだ。その声をきいていると、——おまえはジャマだ。と云っているようで自分ひとりが余計ものになった気がする。僕はせめて頭の中だけでもカラッポにしておかないと、居場所がなくなってしまう。

宿題

その朝も僕は、立つためにに学校へ行こうとしていた。家の前の路地をとおりぬけて、かどを曲ろうとしていると、僕より二年ぐらい下の男の子が、真白いヒオイのついた帽子をかぶって、お母さんにランドセルの具合をなおしてもらいながら門から出てくるのに出会った。その子は、いきおいよく駈けていった。キチンとしてサッパリしたものだ。僕もちょっと、やってみる気になった。だが、すこし駈けて、すぐやめた。感心な子になるには宿題が第一だ。

僕は何処か、かくれる場所がほしかった。いまから家へ帰ってやるわけには行かない。遅刻するのは何でもないが、朝になって勉強しはじめるのを見たら、お母さんがまたこの前のように泣いたりするにちがいない。夏休みがおわると、お母さんは宿題のことなんか忘れたように安心している。のろのろ歩いていると学校へいそぐ子どもたちもマバラになり、とうとうそこを右に曲ればすぐ学校の前に出る岐れ路へ来てしまった。僕は大急ぎで路をまっすぐに歩いた。宿題をやらないのは悪い子だ。それは何よりも悪いことだ。と自分に云いきかせながら。

路をふみ出したからには危険だ。僕は忘れものをしたフリをしながら走って、学校とも家とも遠くなる道をどんどん行った。道は両側ともながい塀ばかりならんで、何処ま

で行っても感じのいい、暗い、細い横丁はありそうもなかった。そのとき道のはずれに突然、こんもりと木のしげった墓場がみえて来た。ホッとするあまりに僕は、そこに乃木大将のお墓もあるなんてことも忘れてしまっていた。青山の真中にあるその墓地は、人の住んでいる家で周りを邪魔されながら、それでも実に広い大きな森になっていた。

僕は追いかけられる心配にとりつかれて草や葉が出来るだけ茂ったヤブの中ばかりえらんで行った。僕はお化は怖がらない方だ。だけどほかの子には、こんなことは我慢できないにちがいない。墓地の中はハッカのようにスウスウして、青いミカンの臭いがする。虫がいっぱいだ。しめっぽい地面の上をゾウリムシやハサミムシがうじゃうじゃ這っている。体を毒汁でふくらませた巨きなクモが見えない糸で、よどんだ空気のなかを泳いでいる。そして蚊だ。キリスト教の平べったいお墓をみつけてその上に帖面をひろげ、ランドセルにお尻をおろしてはじめようとするともう半ズボンの脚に幾十ぴきものヤブ蚊が吸いついてくる。刺されて血だらけになりながら、僕は本をかかえて逃げるのにセイ一ぱいだ。そして思いたくはないが、やっぱり本当のことを思いだす。きょうだけは「立つ」ことにして明日から宿題をやって行けばよかったのに。

とうとう僕はその日、学校へ行くヒマがなかった。大ぜいの子と教室にいるのとくらべて、ひとりで墓場にいる方がずっと時間がはやくたった。十二時のサイレンをきいてベントウを食べおわる頃になると、だんだんと心配もうすらいで日あたりのいい処でブラブラ散歩した。しかし帰り途がまた一と苦労だ。学校のひける時刻のほんのすこし前をみはからって歩きながら、考えられるだけのウソを頭の中にならべた。いつも通る四つ角へかかると、お巡りさんが僕を見た。そんなところに交番があるのに、はじめて僕は気が附いた。何かきかれたら、「病気で帰えるところです」と云うつもりで、恐ろしさを我慢しながら、できるだけ弱い子に見られるようにユックリ歩いた。やっと家にたどりつくと、大いそぎで二階へ突進する用意にホガラかな声で叫んで、元気よく玄関の戸をあけた。だが、なんたる運の悪さだろう。何も知らないお母さんは奥のうす暗い六畳に、だるそうに寝ころんでいたが、いせいの好い僕に釣りこまれるように笑いながら、──靴をぬぐ前にひとつ氷アズキを注文してこないか、と云うのだ。……（いまは食べたくない）、どうしてそんなことが云えるものか！ と云って、いまこそは何百人という南学校の子どもたちが道幅いっぱいに、つながって歩いている時だ。僕の出来

ることは、ただこれ以上はないほどニコニコとうれしそうな顔で立っていることだけだ。

あくる日、僕はふだんのとおり学校へ行った。きょうは立たなくてもすむはずだと思った。金原先生はいつもの宿題の検査をやりながら僕の机に近づいた。先生がそばに来るときは後からでも臭いでわかる。石ケンにタクワンの混ったような臭いが冷い風にのって、うしろから靴音といっしょにやってくる。先生は手をのばして僕の茶色い表紙の帖面をめくった。白いページばかりだ。バタンと帖面を机の上に落してそれから、立とうとしない僕をじっと見た。僕は云うつもりだった。……きのう僕は病気でした。……僕はくちびるを動かしかけたが、夢で声が出ないときみたいに、何だか言葉にはならなかった。先生はだまって犬のような眼でじっと見て、それから後をむいた。僕はいやになりながら、立った。教壇にもどった先生は、また前歯を嚙んだり開けたりしながらいつもと同じく算術の問題をやりはじめた。まったく何の変りもない。

毎朝、学校へ行く途中で僕は迷ってしまう。道を見て考えながら歩いている。石コロを蹴とばして電信柱にあたったら、学校だ。……あたった。しかし不思議なこともある

ものだ。そのとき必ずお祖父さんが出てくる。倹約と礼儀作法にやかましいのとで、親セキ中から恐ろしがられているお祖父さんだ。田舎にいるはずのお祖父さんはシミだらけの顔で首に白いホウタイを巻きつけ、暗い塀の切れめや大きな松の枝の下から、ふッと現れて、アメ玉をしゃぶっている声で、

「——墓地へ行け」

と、それだけ云って消えてしまう。それだから僕は学校へ行くのはやめなければならない。お祖父さんは前に僕にだけ特別に五円くれて、親セキ中を本当に驚かせたことがあった。

 どう云うわけか墓地がいやに、ざわざわしてきた。墓の石を机にして宿題をやろうと思ったのは最初の日だけでそのあとは、ひと気のすくない蔭をえらびながら、いつも一人でカクレンボをやっていた。ヤブ蚊があんまり物凄いので僕はときどき墓地の真中を通っている広いアスファルトの道へ出る。墓地は谷や山になっているので、道も上ったり下ったりしている。はじめの頃、僕は人がくるとやたらに恐ろしかった。坂を降りてくる赤い腕章をつけた人を、谷底からみ上げて僕はあわててお墓の生垣の中へ飛びこん

だ。それは箒をもった掃除のオジサンだった。しかしその人にだって油断はできない。その家の子がもしかして南学校へ行っているとする。しかもその子が級長であったりすれば、あのオジサンも先生とは仲良しになっていて僕のことを云いつけるだろう。……僕は要心しすぎて失敗した。坂の上からではなく、馬鹿に大きなくせに、変に目立たない記念碑のかげから不意に出てきたオジサンに、びっくりして僕は急いでかくれたが間にあわなかった。箒をふりまわしながら追い駈けてくるその人は、植こみのヤブをくぐって逃げ出した僕を、タチの悪いお墓の菓子泥棒だと思いこんでドナリ声をあげた。その場はやっと逃げられたが、そんな人に出会ったときは、逆に広い道へ出た方が安全なわけだ。じっさい、広い道にいたところで、そんなに沢山のひとが通るものでもない。
　ところがある朝、僕の気に入りのお墓に、大きな足跡がいっぱいのこっているのを見た。内側が覗けないほど高い垣根があって、わりあい虫もいないそのお墓は寝ころぶのに都合のいい芝生もあった。しかし、もうそこも僕の居る場所ではない。しかたなく僕は二番目に好きなお墓へ行った。すると、そこにも第一のお墓と同じく足跡があった。しかも今度の方が一そう多かった。三番目のお墓へ行って、そこに靴やゲタの入り乱れた足

跡と、新しい紙に包んだお菓子、けむりの立っているお線香を見たときは、僕は危険をかんじたりウンザリしたりするよりも、なにかアッケにとられてしまった。なお方々にかくれ場をさがしてグルグル歩きながら、ふだんと異って着飾った人たちにぶつかった。広い道には黒い自動車がやたらに来るし、そのうち十二時ちかくなると、僕は休むどころか逃げ場もなくなりかけた。あるときなどは狭い細い、いつもはヤブ蚊しかいない道で、前と後から四五人のひとにハサミ打ちにされてしまった。もう、これでは仕方がないので僕はランドセルを笹ヤブの中にかくして、自分はお墓まいりにつれて来れて退屈している子のフリをした。僕は、ある若いお嫁さんらしい人とおばさんの人が話すのを立ちぎきして、やっとこの呪うべき日が何であるかわかった。若い女のひとは木のオケから、おばあさんの手へ水をこぼしながら云った。

「ほんとにオヒガンの入りが、まだこんなにお暑くって、でもかえって心強いようで、ようございますね」

おひがんのことは僕も知らないわけではない。しかし家にはだれも死んだ人がいないので僕はウッカリしていた。暑かったのは本当だ。

ズル休みすることがウマくなったと云っても、家へ帰るときの気味悪さはやっぱり変りない。家へ近づく横丁をまがるたびに僕は悪い報せが待っているんじゃないかと、ビクンとする。……門の前でお母さんが、向いの原先生のおばさんと話していた。やって来た僕をみて二人は話をやめた。原先生は南や山よりも、もっと遠くにある坂小学校の図画の先生だ。そばへよって聞いたら満洲でシナ兵と日本兵とが戦争をはじめたと云う話で、僕は安心した。臆病になっていた僕は、かどを曲るとき母たちの声でチョーサクリンと云っているのを、ききとがめて考えすごし、自分の宿題のチョーメンがどうかしたのかと思ったのだ。その晩、従兄の重ちゃんは号外を何まいも持って来て、おろおろした声で、

「もういかん。はよう外国へゆきたい。フランスでもロンドンでも、……アフリカでも、ええ」と云った。僕もそれをきいて、はじめて怖しい気がしたが、ズボンの中で腰巻をダブつかせている兵隊さんを、かんがえると何だかおかしくなって笑いがとまらなかった。

オヒガンの間は危くて墓地へも行けないので、どうせ立っていればいいのだと、アキ

ラメながら学校へ行った。校長先生がめずらしく朝礼でこんどの戦争について、タダのお話だけした。そのあとで教室へかえると、級長は教員室へお使いにやらされた。大山という軍人の子が、云われもしないのに手伝いに立った。そして陣笠とカラカサと青竜刀を運びこんで来た。大山君の父さんが前にシナからもって帰った戦利品を、こんど学校へ寄附された。よく見ておきなさい。——先生はそう云って室を出て行った。みんなは、たちまち教壇のまわりに集った。西郷が陣笠をかぶったり、青竜刀をさげて、重い重いと云っていた。僕はシナ兵が戦争の途中で雨が降ったらさすんだというカラカサをちょっと開いてみたかったが、やめた。あとでコワれていたりすると僕のせいにされるにきまっている。笠にも刀にもありつけない連中は大山のまわりに集っていた。その子は針金でツッパッた兵隊式の帽子をかぶって、いつもキチンとたたんだハンケチを一年生のように胸に下げている。きょうは、ますますスマしこんでオチョボ口で何か話している。あいつ一人なら殴ってやるんだが。……僕がそれを我慢したのは敵が大勢いるからではなく、もっとウレしいことがあったからだ。やがて時間の鐘がなる。これから大山君のお父さんが、級長が戦利品を先生の机の上に置きなおす。先生がはいって来る。

どうやってシナ人からこれだけの品物を分捕ったか、の話がはじまるにちがいない。
……ところが先生は、また級長をよんだ。そして机の上のものを教員室へ運ばせた。橋本のヤツ、ほんとうに勉強がすきなんだろうか。シンからいそいそとしている。その間に、また冷いタクワンの臭いをさせながら、金原先生は僕を立たせにそばへよって来た。
雨がふっている。僕のカッパはずぶ濡れだ。墓場のすみの落ち葉のぶあつくつみ重った草の上に、もう何時間も僕はしゃがみこんでいる。雨ばかりひっきりなしに降って朝から誰もひとは通らない。うしろから見附けられる用心とクタびれるのとで、太い樹の根本に足をなげだして、よりかかっていると、シズクといっしょにカタツムリも降てくる。……寒い。わすれて僕は、ポケットの中へ手をつっこむがビクンとして、またもとへもどす。なまじっか学校へ行ったばかりに、とんでもないことになった。あの日かえりがけに僕は先生から手紙をわたされた。それがもう三日も僕のポケットのなかに入ったままだ。最初の日は、お母さんにわたすのを本当に忘れてしまった。それからは憶えすぎているので渡せない。封筒がくしゃくしゃになればなるほど、手紙そのものは、よけいにハッキリしてくる。寒いし、もうあたりは大ぶん暗いが家へ帰る気がしない。

このままで何時までも、じっとこうして居られたら、と思う。……しかし、ふと僕はウツシ絵のことから別の誘惑にかられた。上手に濡らせば、わからないように封筒のノリがはがれるかもしれないと思うと、やってみたくてたまらなかった。それから、どうしてあんな事をしてしまったのだろう？　僕は、わざわざ立って水を探したのだ。水は何処にもなかった。ドブを流れている水しか眼にうつらなかった。しかたがないと思いながら僕は、かがんで封筒をドブにひたした。毛バだったハトロン紙はたちまち水を吸い上げて、インキがにじんだ。いまさら失敗したことを悔む気もなく僕はそのまま手を放した。ドブの中へオシッコしながら寒さで体がふるえた。

十月一日は東京市自治記念日で学校は休みだ。母は僕をつれて郊外にある知合の家へ行った。世田谷も大分はずれの方で、玉川電車にながいこと乗った。着いた先でも僕は退屈した。おばさんが「もうじき、うちの子も帰って来ますから」と云ったが、そのときは何の気なしにきいた。となりの畑で百姓がイモを掘っていたので、僕はそれを手伝った。それが案外おもしろく、天気がよくて、ハダシであたたかい土をふんでいるのも気持がよかった。土の奥ふかくもぐりこんだ特別大きそうなヤツを上げてやろうとし

て熱心にツルを引っぱっていたときだ。僕は青い空の下で夢をみているのかと思った。顔を上げると、カバンをもった隣の家のかえりの子が四五人、垣根から僕をのぞきこんでいるのだ。僕はあわてて隣の家へ駈けこんだ。するとそこの家の子も学校からかえって来たばかりで、まだランドセルをしょったまま立って疑いぶかそうに僕を見ている。おばさんも思い出したように、変な顔つきだ。ところでお母さんは、まだ東京市自治記念日を知らない。僕が休みだと云ったから休みだと思っているだけだ。結局、その日は南学校のように東京市内にある学校だけが休みで、市外の学校はそうでないことがわかったが、それでも僕にもその日が本当に休みのような気がせず、ふだんのズル休みよりも気がもめた。

　手紙をすててからは、もう僕は学校へはよりつかなかった。そのくせ自分では毎日学校へ行っているのと同じ気持でいた。朝になると時間表をみては、かわるがわる別の本をランドセルにつめて出掛けるのだ。僕はもう、あんまり逃げたりかくれたりはしない。オヒガンの日の教訓から、見られてかまわない人には堂々と見させる。午前中九時ごろまでは、寝坊で遅刻した子が急いでいる恰好をする。それ以後は病気がなおって中途か

ら出掛ける子になる。だから僕は絶えず学校のことしか考えていないのだ。実のところ僕はもう墓場にもアキていた。一と月以上も学校を休むと、かえって僕は学校へ行きたくても行けない人の無暗に学校をあこがれるあの気持になりかかっていた。僕は乃木大将のお墓や、その他めずらしいお墓を、遠足の生徒のつもりになって拝んだりあらためて見物するのだが、それにしてもお墓は面白いところが一つもなかった。墓地を横切って僕は、ふと目の前に山小学校があるのを見た。山学校は南学校とちがって府立へ行ける者はほとんどないが、生徒を少年団に入れたり柔道をやらせたりしていると云う話だ。鉄筋コンクリート三階建の校舎から校歌が流れだしてくる。僕は心から、いいなアと思った。

ある日、山学校の町はお祭りだった。僕は山学校の子に交ってお宮へ行った。男の子も女の子も、黄色やモモ色の着物をきて白粉をつけていたが、それが全部山学校の子なのだ。プウプウと笛附き風船を吹いたり、串カツを食べたりしながら、猿の競馬やオートバイの曲芸をみている。見せ物のほかに写真屋が偉そうな顔をして立っているし、オモチャ屋、手品屋、などもいっぱいいる。いつか僕が買ったシャープペンシル屋も来て

いた。山学校の連中がとりまいて説明をきいている。僕はたまらなくなって、その連中の一人に話しかけた。
「僕も、あれなら持っているぜ」
 その子はだまって僕を見た。色の白い細い子だった。やっぱり突然すぎたかなと、いつまでも返事しない子に、僕はちょっと恥じた。すると横から僕の顔をのぞきこんだ子が、
「オメェは南学校だな」と云った。つづいて他の子の云うのがきこえた。
「南学校は、きょう休みじゃねェぞ」
「南学校の子は南学校の子とあそべ」
「田舎っぺ」
 ひったくられる前に僕は帽子をシャツのなかへおしこんで人ごみの間へマギレこみながら、お宮を出た。
 お墓より他にはやはり僕の居られるところはないのだろうか。しかしお墓はもう何をしてもイヤだった。僕は、墓地へ宿題をやるために来た最初の日のことを思いだした。

宿題

宿題は僕には出来ッこない。そうでなくても皆よりおくれているのだから、やろうとしたって解るはずがない。小数、分数、円周……ダイダイ色の表紙の厚い算術問題集は僕には全然ちんぷんかんだ。だから僕が本当の感心な子になることは無理だろう。だが学校で、いつまで立たされてばかりいるとしても、こんな墓場で一人でいるよりはいい。そうだ高等科へ行くことにしたい。あそこへ行く子はコゾウにされるそうだが、それまでの間だけでも今の僕よりはずっとマシだ。大熊か鈴木のブタなら友達になってくれるかもしれない。手紙のことも何もかも正直に先生に云おう。……その日の朝ふっていた雨もやんでお墓の台石にも日が射していた。

僕はコーモリ傘をふりながら途中でパンを買って学校へ行った。

山学校とちがって南学校は木にペンキを塗った校舎だ。ところどころ窓ガラスが割れている。それは貧乏なためじゃなく、ぎゅう詰めにされた生徒で建物がハチきれそうになっているからだ。（東京中でも評判の南学校へは電車やバスにのって通う子もたくさんいた）やっぱり山学校よりは、こっちの方がなつかしい。ちょうどベントウの時間だった。廊下を歩いて行くと他の教室では騒ぎ声がきこえるのに僕の組の室だけ、へんに

シンとしている。扉を、あけたとたんから僕は後悔しはじめた。あけて皆に、その中のありさまを説明しているところだった。僕の何十日も前にハナをかんでクシャクシャにつっこんであったハンケチを、先生はワザときたならしそうに指先でブラ下げてみせた。組じゅうが合図されたように笑った。先生は紙クズやエンピツの削りカスや、また僕には憶えのないパンの食いかけや、を一つ一つ引っぱり出しては見せびらかす。そのくせ僕には叱らない。僕はもう先生には用のない子だ。組中の子が笑いやめると、先生は入口で立っている僕をふりかえって云った。

「お前、いまごろ何しに来た？」

「……学校へ来たくなったので、来ました。お腹がいたくて寝てたのですが全部正直に云うつもりが、前の半分だけでおわった。

「そうじゃない。お前は何処かでフラついてたんだ」

何でも知っていそうに云う先生がシャクにさわって僕は云った。

「家で寝ていました」

先生は笑った。れいの函みたいなアゴがゆるんで前歯が出た。

「うしろを向いてみろ。……尻から背中までハネだらけじゃないか。耳タブまで泥がついているぞ」

組中七十何人の子の嘲笑を背中にうけて僕は学校を、とび出した。……二度と行ってやるものか、あんな所。

校門を出て、まだいくらも歩き出さないうちに僕は地面の動くようなトキの声をきいた。ふりかえると、砂煙をあげてアスファルトの道路いっぱいに拡がった無数の子がおしよせてくるのだ。僕は、人喰い土人の中にいる。どこを走っているのかはわからない。

ただ全速力で駈けていると島津さんの空地へ出た。空地を対角線に走って僕は、塀にぶつかった。ヤツデの葉かげの凹地に体をふせていると、たちまち敵に取りまかれた。

「出てこい」

「出てこい」

とお捲きに三方からかこんで口々に叫ぶ。うしろは石の塀だ。僕は胃袋に太鼓を一つ詰めこまれて、どろん、どろん、そいつが鳴っているようだ。いったん追い出した僕を、

なぜまた捕えようとするのか。みると鈴木のブタまでなまけもの退治の軍隊の中から口をラッパのように、とんがらせてドナっている。……僕は家へは行きたくなかった。お母さんにだけは、こいつ等に狩り立てられているのを見せたくない。……だがもうダメだ。殺されてしまう。僕は決心して肩からランドセルをはずし頭にかぶって、かこみのなかを突きぬけた。家には、さいわい誰もいなかった。門のカギをかけおわったところへ、また津波のようにやって来た。二階の障子のすき間から、ドナリあきた子が一人、二人、と散って行くのを見おろして、ようやく僕は冷たい汗が首筋をながれるのに感づいた。それから二時間ぐらいして母が帰ってきた。

その晩、父は出張して留守だった。重ちゃんが来ていて三人でご飯をたべたあと、話をしていると向いの原先生が来た。先生は玄関へ母を呼んで二人で、すぐに二階へ上った。原先生はふだん、いらないと云っているのに、絵を買ってくださいと云いにくる人だ。今晩もそっちの用だと考えた方が自然だった。しかし昼間のことがあるので僕は耳をすませた。二階からきこえるのは鈍い蠅のウナるような声だけで、どんなに注意して

宿題

も何を云っているのかわからない。僕は重ちゃんの顔をみて、どのくらい経ったのか時間はわからないが、重ちゃんが急に僕の顔をみて、「大変なことになったな。……もう、ぼくは帰るから、おばやんによろしゅう」と、それだけ云って、逃げるように家を出て行ってしまった。……たいへんな事になったと、なぜ重ちゃんにはわかるのだろう。僕は二階へ行くのはひとりでいることは、なおさら出来なかった。最初ぬすみ聞きをするつもりで僕は足音を消しながら一段ずつハシゴを上っていたが、じれったいよりも狭い暗い上り口で低いはなし声を聞いている怖ろしさで一気に上った。母と先生とは、音のした階段に、立っている僕をみて笑った顔になった。

「重ちゃんは？」と母はきいた。

「かえったよ。さっき」

母は一段とやさしい顔で、

「もっとこっちへ、いらっしゃい。……このごろ学校はどう？　おもしろい」

原先生はきょうの昼の騒ぎのとき、学校からかえって画をかいていた。それで、子ど

もの話をきくとすぐ金原先生に会いに行った。そして僕のあらゆる悪事を全部知って母にきかせたところだった。母は原先生から「こんばん、もしあの子が正直に白状してしまわないようなら、あの子は一生嘘つきでおわる」と云われていたので、最大の努力でやさしくなりながらきいた。

「学校へは毎日行ってる？」

僕は、そんなこととは知らず、無事をねがって、ただ、

「うん、行ってるよ毎日」とこたえた。

あくる日、僕はどうしていいか解らなかった。母はベントウに遠足へ行くときのようなノリ巻きをたくさん作ってくれた。そのためかランドセルはいやに重く、僕は下ばかり向いて歩いた。ふと気がつくと、あのわかれ路はとっくにすぎて僕の足はまっすぐ墓地へ向っていた。いまさら引きかえす気はまったくない。墓地のなかは、もう枯れ草の臭いがした。蚊やその他の虫もほとんどいなくなっている。昼すぎるまで僕はボンヤリ草の中に坐っていたが、地ベタの冷めたさで立ちあがるとベントウを食べる気もせず、それかと云って何処へ行きようもなく、足の動き出す方へ歩いていた。いつか僕は、こ

れまでに通ったことのない道へ出た。片側がドブで片側が崖で、崖はコンクリートで固めてあった。何気なく僕は崖のかべに貼った黄色いビラを見ていた。

「戦争絶対反対」

ビラにはそう書いてあった。何だって？　もう一度見なおした。ビラにはトウシャ版でまだ何かいっぱい書いてあった。しかし他のことはどうでもいい。どうして戦争反対なんだろう。僕は背のびしてビラのはしをムシった。ビラがぴりと剝がれないのが、しゃくだった。おろしたランドセルを台にして、ツメを立てたがビラはセメントの面にぴったりくっついている。なぜ戦争やっちゃいけないんだ。そうだ戦争がなきゃだめだ。僕は戦争のはじまった日の学校を思い出した。戦争がもっとあれば、先生は兵隊へ行くと云っていた。みんな行っちまえ。重べえも金原先生も原先生も、みんな行けばいいんだ。南学校なんか燃えちまえ。……ビラはすこしずつ剝げてきた。同じビラが三まいも並べて貼ってある。僕は指にツバをつけてこすりながら、いまはもうビラをはがすことに熱中して他のことは考えなかった。後から足音がきこえる。お巡りさんだろうか？　僕はいつものクセでびくッとする。しかし思いなおして又つづける。……後からくるの

はお巡りさんだ。お巡りさんは僕をみて、感心な子だと云う。名前を帖面につけられて、あくる日僕は校長先生にほめられる。――この生徒は悪いことを書いたビラをはがしたのです。金原先生が歯を出してニコニコする。

足音はもうしない。しかも僕は次のビラをはがしにかかりながら、まだ夢をみつづける。……学校の名誉を高めたこの生徒のために特に、夏休み以来の宿題が全部許され、これからも教室ではゆっくりと坐っていてよろしいと云われる夢を。

蛾

実に、それは不思議なことであった。どうしてそんなことが持ち上ったかは、いくら考えても解りようのない問題である。多分は偶然ということで片付けられてしまうであろう。しかし私には偶然と云っただけでは何となく片付かない気がする。何という理由もなしに、これは私にしか起りえない、私のようなくだらない男にしか起りえない事件であるような気がする。

私は絶えず不安と焦躁になやまされている。……これは云い現しようのない感じで、強いて云うならば、奥歯が痛みはじめる直前に起る痒みと、最もやわらかな羽毛で足のうらを撫でられているようなクスグッタさとの混り合ったものを全身に感じているのである。多分これは私の脊骨が悪いせいであろう。病気で犯されて変型した脊椎が、どう

いう具合にか脊髄を刺戟しているのであろう。……だがこんな説明はどうでもよろしい。こんなことをいくら明細に、いくら科学的に説明されたって私自身にはどうでもない。この痛いとも、痒いとも、くすぐったいともつかぬヘンテコな感覚は依然として続くだろうし、一方また、腐って崩れおちる脊骨の中から皮を剝いだセロリのような神経の束が露出して薄黄色い膿に洗われているイメージ（こんなものは子供が夢みる火星人の像と同様架空なものである）がいよいよハッキリと私の眼前に現れるばかりだ。……とにかく私は医者をあまり信じたがらない。事実、私の脊骨の具合はこの六七年間に何人かの医者の云うこととはまるで無関係に悪くなったり良くなったりしているのである。しかし私はそんなことのために医者をバカにしようとするのではない。彼等の治療の腕前や、薬の効能がどうであろうと、すくなくとも彼等を好意をもってむかえる気にはなれないのだ。

K大学病院の整形外科で最初の診断をうけたとき、主任の医師は私の話す自覚症状をアッサリと聞くと、たちどころに、

「君はカリエスだよ」と云った。

「……」たぶん、そんなところだろうと思っていたので私はおどろきもせず、だまって立っていた。するとそれがいけなかったらしい。

「君は僕の云うことに不服か。……よろしい」と云って私に服を脱ぐように命じた。そして大学生を七八人呼びあつめると、「いいか」と云って私の背中をハンマーでコツコツ叩きながら、ときどき学生どもに、「——おい、この骨は、今後、上へ上るか、下へ下るか?」「——ハイ、下ります。イエ、上です。上へ上るか、まれには下ります」などと私にとっては無意味な試問の応答を交えながら、要するに私が典型的なカリエス患者以外の何者でもないことを説明して、

「君がこの部屋に入ってきたとたんに、もうおれには君の病気がわかったんだぞ」と云った。……この主任医師は特別無礼で例外であるとされるかもしれない。どんな医者でも心の中ではこの主任と同じである。金銭を除いて彼等のよろこびは大部分こんなところにある。ひとは心配しながら医者に行って、「何でもありませんよ」といわれて、恥しい思いをしたことがないだろうか。そんなとき患者は自分の臆病を嗤われたのだと思う。だが実際は、聯隊長の前で口

クナ手柄もたらされなかった兵隊のように、恥じ入っているのである。……結局のところ私が医者を好まないのは、私の内部を覗かれるような気がするからであろう。よかれ悪しかれ私自身のものである私の身体を、他人に知られることが不愉快なのであろう。私が苦痛を訴えるのは自分に「痛さ」があることを他人に知らせるためのもので、他人にそれを和らげてもらいたいのじゃない。苦痛を友とすることだってあるものだ。頭痛は私を夢みごこちにする。排泄物を出さずに我慢していることにはスリルがある。オナラの臭いを嗅ぐことなども私は好む。……

　私はあまり外を出歩かない。健康上の理由からではなく、私自身が「内」の人間であるからだ。家の中にばかりこもっていると私も外へ出てみたくはなる。K銀座とよぶ八百屋やパン屋や床屋の並んだ町の、荒物といっしょに洋酒もわたしている店のショーウィンドウだとか、色の白い娘が指先を赤くして新鮮な野菜を売っている八百屋の店先きだとかが、私の眼をよろこばせる。……にもかかわらず私があまりこの町を歩きたがらないのは、人が無目的に道を歩くことを許しそうもないからである。たとえば私は一

本道を歩きながら急に退屈してクルリと引き返したくなる。すると突如、通行人や店の商人の眼が私に集中されるのを感じる。彼等は無言で私を非難する。——あんたは一体、何をぶらぶらしとるのかね、と。それで私はさも、たったいま思い付いたという風に「ああ、また忘れものをしてしまった」などと大声でつぶやくか、でなければ幽霊になったつもりでソロリソロリ漠然とうしろを向くようにしなければならなくなるのである。だが、この心苦しい引き返し動作にもまさる苦痛として、さらに「お辞儀」がある。このお辞儀のことを想うたびに、私はむしろ犬になりたいと願わなかったことは一どもない。ああ、あのように私にも好きなときにイキナリ全速力で駈け出すことが許されていたら！……向うの方からだんだんに近づいてくる、知っているような、いないような人と、すれちがうまでのその長さ。歩行の速度をゆるめることなく上体を前に倒しながら、二言三言対手の耳にはききとれない程度に言葉を発して通るむつかしさ。そして挨拶のマボロシが、生温かい疑いの風を捲きおこしながら、おたがいの視線を見えない蜘蛛の巣のように顔一面にからませてくる気味悪さ。……なかでも私が最もにがてとしている相手は私の家の斜向いに住む医師芋川家のひとびと、特にその主人春吉氏である。

芋川氏とのお辞儀はあきらかに他のいかなる人々ともちがった或る格別のものである。氏と私との挨拶は例のまぼろし風のものではなく、おたがいが歯車で咬み合わせられるような力強さで近付けられ、すれちがうとき片手を上げて「ヤア」という大声が発せられたり、またガクリとおたがいの頸が垂れあったりする。一見、活潑で素直で単純で男性的である。しかし内実はすべてその逆だ。……私は決して彼の顔を見るわけではない。しかし見る以上にハッキリと彼の青白い顔にうかんだ奇怪な微笑が私には見える。なぜなら、それと同じ笑い方を私の方でもしているからである。……

私の部屋からは芋川家の裏手の全景がみえる。庭に食用蛙のすむ大きな池のあるその家は松の大木にかこまれて以前からキノコのような印象をあたえていた。……うす暗い井戸端に春吉氏と看護婦である母堂と薬剤師である春吉夫人の三人が、それぞれ白の上っ張りをきて、何ごとか話しあっているのを私は望見することがある。そんなときキノコじみた家を背景に白い着衣を浮びあがらせた彼等は、ふと不気味な生活をいとなむ片意地な三人の小人のようにもおもわれたりするのである。……芋川春吉氏は約二年前

にこのK海岸町に引っこしてきたのだが、来るとさっそく近所じゅうの評判になった。氏の門前の「芋川医院」という看板が無暗に大きいと云うのである。そして門から玄関までの間に、大小六個の呼鈴も仕掛けられていると云うのである。私のところにまで、そんなことが聞えてくる以上、氏の宣伝は相当に効果をあげているると見るべきだった。そして私はそんな宣伝のやり口から、何ということもなしに芋川氏を、背の低い、丸顔の陽気な人物のように想像した。こんな空想は誰にでもあるものらしく、門から出てくる痩せた長身の青白い人が患者ではなくて、春吉氏その人なのだと知って大ていの人は驚いた。どんなものにもせよ、あらかじめつくった印象をこわされることは、ひとしく人の心に失望を呼ぶ。おまけに春吉氏にとって決定的に不利なことは氏が実際の年齢よりも十以上も若く、三十二三にしか見えないことはたしかであった。私は一度だけ散歩の途中、白い川医院があまり流行していないことはたしかであった。私は一度だけ散歩の途中、白い上っ張りを着た春吉氏が薬箱をかかえた母堂といっしょに――この母堂の助手のおかげで春吉氏の「若さ」は一層引き立てられていた――いそぎ足で歩いているのを見たことがある。

芋川老夫人は、ときどき私の家にやってこられた。来るといつも私の母と何か話したのち、私が縁側の寝椅子にこしかけていたりすると、近づいて、意味ありげな口調で、
「お坊っちゃん（私は三十三歳にもなって、まだこのように呼ばれている）、えろう顔の色がお悪いようだが、またどうぞしましたか」
とか、
「こりゃまた、お痩せになりまして」
とか、云って私の顔をじっと、肉屋の前をとおる犬のような淋しい眼付きでみる。何度も同じことを訊かれて私がだまっていると、不意に表情をあらため、「おだいじに」と云いすてて、トコトコと一歩一歩、地面に針を刺すような足どりでかえって行く。
‥‥
　ところで、この頃、芋川氏について、もう一つ奇怪な評判がたちはじめた。つまり、芋川医師は以前には海軍の軍医をつとめていた人で、内科外科小児科、何でもやるというふれこみであったのに、最近この三四ヵ月というもの如何なる患者をもみな拒絶して、往診宅診いずれも行わないと云う。……その話を私はA氏、B夫人、C夫人、といくた

りもの実験談として母からきいた。たとえばC夫人の場合など、ある晩四歳になる男の子が咽喉をつまらせて呼吸困難を訴えたので、急場に芋川医院にかけつけたところ、芋川氏はそれを扁桃腺炎であると云って、アデノイドについてのいろいろの症状やその手当の方法などを説明するばかりで、いくら往診をおねがいするとも云っても、一向に立ち上がろうとせず、不安に駆られてイラ立つ夫人を玄関にのこしたまま、「今晩、私は眠いので失礼します」と云いすてて、さっさと奥の部屋へ消えてしまったというのだ。他の二人の話も、これと似たものであるが、いずれも診察を断る理由として、眠いとか、だるいとか、甚しいときは単にメンド臭いとか、漠然としたことばかりが殊更えらばれているらしい。……拒否する芋川氏の頑強さは果してどの程度のものであるか解らないが、芋川氏には医師として働く以外にはおそらく収入の途はなく、また母堂や夫人も芋川氏のこうした態度は、いのち懸けのものと考えられ、単なる気まぐれと見るには、あまりに奇怪である。

　私が道で出会ってとりかわす芋川氏の微笑も、いよいよ深刻ないやらしさが見えるよ

うだ。

むし暑いのでその夜、私は窓をあけはなって読書していたのだ——。この辺は虫が多い。じつに多い。夜がふけてあたりの灯が消えると、とくにカナブンや蛾やカミキリムシが、おびただしく飛んできて壁にも天井にも、いたるところにベタベタととまって黒いペーズリー・パターンのような気味をていする。……気にして殺そうとしても、きりがないので私は放っておいた。

すると突然、——ちょうど活字がスレてよく見えないので電気スタンドを引きよせて、本の頁をのぞきこんでいると、耳もとで羽撃く音がして、何か一匹私の右の耳の穴にとびこんだ。捕えようとして耳の穴へ指をつっこんだが、その拍子に虫は出口をふさがれて奥へ突進してしまった。……そうなっても私は虫が耳の中へ入ったまま出てこないことがあろうとは、まだ信じられなかった。それで私は、のん気にかまえようと思い耳をいじることはやめて、ふたたび本にむかった。ところが虫は、私が本を読みかけると同時に、「居るぞ」というしるしに羽撃きだした。私は夢の中にいるようだった。捕えよ

蛾

うと努力しながら、おろかにも私は眼の玉をキョロキョロさせた。(私が考えるのではなく、私の眼の玉が考えた、――おれの後に誰かがいるぞ、と。私の手もまた考えた、――虫が捕まらないのは彼が空中を飛んでいるためだ、蠅でも、蝶でも、トンボでも、飛んでいるやつときたら、なかなかつかまらないからな、と)

かくて私は真夜中に一人、虚空に両手をひろげて盲目の鳥追いのごとく、「そうっと、そうっと」とつぶやきながら部屋中を気がつくと私は廊下を、どたどた踏み鳴らして往きつ、もどりつ、しているところだった。

「おい、おい、どうした？」という父の声

「うん、耳の中に虫がいるんだ」

「何んだ、虫は？」

「蛾だ。蛾だと思うんだ。……ちょっと覗いてみてくれないか」

「どら」と父は起き出すと老眼鏡をかけて、私の耳たぶをつまんだ。そして思わず「ううッ」とうなり声を発した。その瞬間から私は猛烈にイライラしはじめた。その声を自分の耳にきいたときから私は理性を失ってしまった。

「見えんぞ」と父が云いおわらないうちに、私は立ち上って、こぶしで自分の頭を殴りつけながら出来るだけ大声にうなった。熟睡していた母も起き出した。寝起きにいきなりこんな光景を見せつけられて彼女には何のことだか訳がわからなかった。……とし老いた両親が、ぽかんと口をあけて息子の気狂い踊りをながめているのを見ると、私はわが身の情けなさにますます狂い猛らなければならなくなった。実際、虫が羽撃くたびに私は耳の中から起重機か何かの強い力で体全体が宙につり上げられるようで、左一本足でようやく倒れそうになる体をささえた。

こうして私は朝まで、うなり続けた。耳の穴の虫の活動もにぶくなるにつれて私の疲労も加わり、倒れるように寝入った。

何時間ぐらい眠ったろうか。うす暗い意識のなかで私は虫のことを考えながら眼をさまして行った。起き上ると私は、寝覚めの重苦しい自分の頭を両手に支えて振ってみながら、どうもまだこの中に虫が入っているのは信じられないことだ、と思った。事実、そうやって頭をルンバの楽器のように振ってみても昨夜の羽撃きの音はきこえなかった。

……私はやや安心して縁側の籐椅子(とういす)にそっと腰を下し、なにげなくタバコに火をつけた

とたん、忽ち夢は破れ去った。煙が喉へとおろうとする拍子にバタバタッと、れいの羽音だ。私はタバコを投げすてるとまた昨夜の踊りを踊りだした。ちょうど父と母とは昼飯だった。家中にホコリはまい上る。……とうとう父は怒鳴りだした。
「おい、こら。しずかにせんか」
「虫に、しずかにしろったって、しずかにできるか」
「こっちの勝手だ」
　私は、しかしそう答えながら、どきッとする思いだった。……云ってみれば私は、体裁ぶる男かもしれない。体裁のととのわないことには我慢のならない男かもしれない。……私は耳鼻咽喉科の医者に行く。招かれてヒンヤリとした室内の中世紀の拷問台のようなベルト付きの椅子にすわらされる。さてその上で円型鏡のハチマキをして待ちかまえている先生に、いったい何と自分の病状を報告すべきだろう。……かんがえただけでも、これはまたいたたまれない恥かしさだ。
　ともかく私はもうすこし落ちついてみることにした。たかだか一ぴきの虫が私の体に

たかっているだけのことにすぎないではないか。海岸へ行ってみよう。砂浜に腰を下ろして、ゆっくりと自由そのもののような海をながめながら、自分の心をそのなかに溶けこまそう。

私は外へ出た。しかし足は海岸の方へではなく、K銀座の方へむかっていた。そしてふらりと薬屋に入ると憑かれたように、

「ミミカキを五本ばかり」と云っていた。わたされた竹製のミミカキの束をみて私は、はじめて自分の頭がいま、あんまり健全ではないかもしれないと思った。それで頭を冷やさなければならないと考えながら、魚屋兼料理屋の食堂へ入ってアイスクリームを二個、食べた。……それから私は一層ひどい間違いをやってのけたのだ。私の頭の中には、もはや悪賢こさだけがのこされていた。そいつが目茶苦茶な計算をやってのけて、私をして床屋へ行かしめたのだ。私が行きつけの床屋というのは一種倨傲なタイプの男で、自分が刈った頭を写真にうつして「作品第何番」と書いて壁に飾ったり、その他話や、そぶりにも単なる髪切り職人以上の何かであるような感じをいだかせるのである。で、私はこの男をうまくオダて上げて、耳鼻科の医者の代りに秘密に私の虫を処理させよう

と思ったのである。私は何食わぬ顔で、「耳掃除をひとつやってもらおうか」といいながら入って行った。ちょうど店には誰も他のお客はいなかった。

「耳だけですか」

「そう、……しかし丁寧にやってくれないと困るんだ。わけがあって、その辺のいい加減なひとにはまかせられないのだよ」

……計画はうまく行った。彼はよろこんで引きうけると云い、私の竹製ミミカキをせせら笑いながら数種のピンセットや、いろいろの道具を持ち出した。ところが彼が、アルコールに浸した脱脂綿の針金を耳の穴へ入れるやいなや、虫はものすごい勢いで暴れだした。羽音のみならず、鼓膜にむかって体当りする音が、ゴオーゴオー、どしんどしん、と頭のシンまでひびく。恐怖のあまり理髪師の手をはらいのけると、私はまったく狂気の状態で、わめくように、

「ありがとう。もういい」と、かろうじて、それだけ云うと床屋を飛び出した。

「それなら最初から医者へ行きゃァいいじゃねえか！」と、後から床屋の怒鳴る声

……私はもう、何がどうでも知ったことではなく、片手で耳をおさえて町中を、左足で跳ねながら家の方へむかった。……ちょうど家へ行く横丁をまがろうとする寸前だ。古ぼけた日傘と買い物籠をぶら下げた芋川老夫人に出くわした。私は思わず立ち止って姿勢を正した。

「えろう、お暑いことで」

と、老夫人は先ず丁寧に頭を下げ、

「きょうはまた、どうぞなさいましたか」

と、れいの眼付きで、じっと私の顔を見た。

その晩から私の精神状態は、これまでとはまた変ったものとなった。つまり私は、ついに自分の耳の中に虫がいると、信ずるようになったのである。……あいかわらず虫の暴れだすたびにウナリ声を上げたり、家中をどたりどたり歩いたりしながら、何かある落ちつきをもったアキラメのような気持、……云ってみれば、叫んだり暴れたりすることが自分の職業で、それをやっている限り自分が自分である、というような安定感が出て来てきた。

また、私は自分の耳の中にいる虫に、ある親しみさえ感じだした。……朝、タバコをすったとき急に翅をバタつかせたことから、何だか彼と応答し合っているような気がした。そう思うあとから、弱いくせに手のとどかない所にがんばって私を支配しようとしている虫ケラがしゃくにさわって、自分の横鬢を思い切り殴りつけたり、耳タブから頬をガリガリ搔きむしったりもするのであるが。……

だんだん夜がふけるにしたがって、また私の部屋の灯をねらって虫があつまって来はじめた。そいつらを見る目も、これ迄とは異っていた。ことに机や本箱の影になって暗い個所に前肢をひっかけて、じっと厚ぼったい翅を休めている蛾は、見ているうちに溜め息が出るようだった。つくづく始末におえない奴だが、おれの友達にはちがいないんだ、……そんな変に甘酸ッぱい気持がした。恐らくは蛾もまた私の耳の中の新しい居場所になれて落ち着きができて来たにちがいない。イラ立たしい暴れ方よりは、ときどき戯れに搔いてみるやり方で翅や肢を動かすようになった。

耳の中で肢をゴソゴソやられると、じゅくじゅくした痛いような痒いような感じがする。それで私は、自分の脳味噌（——恐らくはあんなに羽撃いた蛾の鱗を浴びてまっ白

になっている）を、虫にすこしずつ喰わせてやっているような妄想を起す。……そんなことに私は、何とも云えずたまらない感じを覚えた。そして、おれは朝起きてから夜寝るまで、いや眠っているときまで、すっかりこの虫に見られているわけだな、と思うと一そう愉快な気持がした。

（そうだ、こいつに見せてやるために、もっと醜態で、もっと下劣なことはないだろうか）

私は鼓膜の上を右往左往している虫にせき立てられながら、ふと芋川春吉氏を想い出した。……いまや私には芋川氏の、患者をワザとイライラさせて喜ぶ気持が自身の心のようによくわかった。彼もまた私と同じような体裁屋だ。「きっと一と旗、上げてみせる」などと細君（鼻は低いが小柄な美人だ）にも約束し、母堂にも威張っておいたのに、いざ医院をひらいてみると誰も患者はやってこない。家の者にも近所の人にも、それが何より気になって恥しくてたまらず、また自分の腕が悪いと思われるのも心外でたまらず、日夜悩んで、悩みぬいて、とうとうあんな悪趣味に何物にも換えがたい喜びを感じるようになったのだ……。

それで私は芋川医院の大小六個の呼鈴を全部鳴らして、春吉氏にこの私の虫の処置をしてもらおうと決心した。……あくまで、しつッこくネバってみよう。その上であの食用蛙のいる池にほうりこまれるのもよし。また、屈辱と怒にふるえる春吉氏の手で、この虫を殺してもらうのもよし。

翌朝、私は芋川医院を訪れた。
──だが、さて結果はまことに、つまらなく終ってしまった。──
大きな看板のかかった門は、ゆがんで半分あいたまま、それ以上どんなに押してもひらかなかった。やっと門をすりぬけるように入ってみたが、呼鈴の大半は金具がはずれていたりして、こわれていた。それで私は玄関のガラス障子を叩きながら大声で呼んだ。戸をあけてくれたのは意外にも春吉氏だった。私はつとめて不熱心をよそおいつつ用件をのべるつもりだったのだが、玄関前であまりに大きな声を出したせいか、はやくもウワずって、まるで兵隊が申告するような調子になってしまった。ききおわると春吉氏は、

「ほほウ、それは驚きましたな」と云ったが内心すこしも驚いた様子はなく、「まあ、どうぞ」と診察室をさした。私はここで帰ってしまった方がよかったのだ。上ると、やはり診察室はヒンヤリして医院独特の臭いがする。

「虫が入ったって、いつごろ?」

「一昨日、午後十一時ごろです」

「何だ、そんなに放っといたのか。のんびりしているんだね、君は」

「いえ、もっと早くと思ったんですが、こんな位のことを診ていただくのも、気がひけまして」

「ハハハハ。そんなことはないさ」

 何のことはない。つまり私は患者であり、春吉氏は医者である。

「どら、どら、ちょっとこっちを向いて、……はア。うん、まだピンピンしている。これなら大丈夫だ」と云ったかと思うと、

「さち子オ!」と大声で奥さんを呼び、ボール紙の筒と懐中電燈をはこばせた。……それから先きは、あまりに下らなすぎる。春吉氏がボール紙の筒を私の耳にあて、懐中電

燈で誘導すると、まるで洟をかむより簡単に、長さ二三分の小さな蛾が飛び出したのである。どうせのことに、それがヒラヒラと飛びつづけて窓から天に昇ってくれれば、まだよかった。……しかし、蛾は急に明るいところへ出たためか、周囲の灰色の壁から風邪でもひきそうな上に落ちた。私は、もはや何等の感動もなく、春吉氏の、ウソ寒さを感じながら、
「こんなことは田舎では、よくあることなんだ。フランスじゃ果樹園の百姓たちは、耳に飛び込んだ虫を殺すのに、耳の穴へブドウ酒を注ぎ込んだと云って、勝手に主人の酒をのんでしまったときの口実に使うんだそうだ。……」
そんな話を退屈な思いで聞きながら、ふと足もとを見ると、蛾は灰色の翼を重そうに垂れて、それでも脚をときどきヒクヒクと動かしている様子であった。

雨

つゆどきにしろ、ばかに雨が多かった。雨量としては、それほどでもないらしいのに、来る日も来る日も、ほとんど絶え間なしに降っている。

「これで三日目か——」

私は、心の中でツブやきかえした。レインコートの内側に重いものを吊るしているので、前裾を引っぱられて首筋はぴったり閉まっているのだが、雨滴はコートの襟をつってナマあたたかく喉もとへしたたり落ちてくる。——なにしろ、こう降ってはヤリ切れない。むかし読んだ何かの小説で、一人の男がつまらぬ女との恋愛で一生を棒にふってしまう話があったが、その男の育った家が洗濯屋だったということを妙にハッキリ憶えている。実際、洗濯屋というやつは、アイロンの蒸気とナマ乾きの布地の臭いとを、

朝から晩まで一年じゅう浴びているわけだが、生れたときからそんな家に育ったら、たしかに優柔不断の煮え切らない性格にもなるかもしれない。戦後すぐのころを騒がした有名なKという、女を買い出しに誘っては殺して次つぎに犯した男も、たしか家業は洗濯屋だったし、そういえば夜ふけまで明るい洗濯屋の窓の中には、なにかしら殺伐な、それでいてジワジワとからみついてくる、へんに熱っぽい情念みたいなものが、もやもやと立ちこめているような気がする。——この三日間、私のとった奇妙な行動も、かんがえてみれば降りつづいている雨のせいかもしれなかった。なにかしら荒くれた、身も心もひとおもいに突き通すような、思い切ったことを考え出さずにはいられなかったのだ。滑稽にも私はナタを片手に三日間、町をさまよいつづけていた。強盗をはたらくつもりだった。いま「滑稽にも」と云ったが、その動機や決心は別段、軽蔑すべきものだったとは思わない。職もなく、家もなく、田舎へ引き上げようにもその旅費もないとなると、他にどうするということもないわけだ。それに強盗という仕事はそんなに難しいものであるはずはない。探偵小説もどきの計算や策略よりも、落ち着いた行動がとれさえすれば万事はうまく行くときまっているのだ。要するに決心ひとつで、あとはそれを

支える忍耐心がありさえすれば、仕事自体はごく簡単なことにすぎない。
最初、私はありあわせのナイフで相手を脅すつもりだった。使いようによっては、それでもじゅうぶん役に立つ効果を上げるはずだからだ。けれども目星をつけた住宅町を一と廻りしてくると、やっぱりそれでは頼りない気がした。しばらく考えてから、何としても兇器らしいものを選ばなくてはならないと思った。それで映画館を出ると早速、刃物屋の店によった。白木の鞘の、青く底光りする短刀を買うつもりだったが、ふと棚の下に並んだ薪割りのナタが目について、その方にした。なけなしの金、四百円を払った。それが、いまレインコートの内側に吊り下げてあるしろものだ。

翌日も私は目をつけたDの町を歩きまわった。けれども結果は前日と同じことだった。私は家々の門や塀を一軒一軒、いたずらに見較べるばかりだった。しかし私がもっとも気を腐らせたのは、もう一度出なおすことにして新宿まで引き返し、何おもわず入った映画館で、昨日と同じものをやっていたことだ。自分の注意力がそんなに散漫になっているのかということよりも、同じ横長のスクリーンに同じ画像が横たわっていることに、

ぎくりとさせられた。なぜかしらないが、それを見たとたんに「怖しい」と思ったのだ。そして、もう自分がすっかりダメな人間になってしまったと思った。自分は単に強盗になれないばかりでなく、ほかのどんなものにもなれないだろう。今後仮にどんなにウマいチャンスが来て、どんなにらくらくと成功できる道が目の前にひらけることがあっても、きっとたいした理由もなしにグズグズして、そのチャンスをものに出来ないだろう……。スクリーンには青く広い海がうつし出されていた。私は何度か椅子から立ち上り、もう一度Ｄの町へ行ってみることを考えた。しかし立とうとする瞬間に、画面から押しよせてくる波の中に捲きこまれでもするように、そのまま腰を落ちつけてしまうのだ。とうとう上映時間の終了まで、バネのぬけた湿っぽい椅子の上に坐ったまま、動くことができずにしまった。

三日目（つまり、きょうだ）、夕刻になっても私は起き上るのも大儀な気がした。一日、ナタをぶら下げて歩いたおかげで、立ち上ろうとすると、左の腿のあたりが筋肉に針でも刺されるように痛んだ。けれども、この痛みが私にとってのハゲミになった。二

日間、歩きまわって何一つ手がかりになるものがなかったなかで、この脚の痛みに打ち勝とうとする気持だけが、かえって私の心をふるい立たせた。

Dの駅は、下りると正面に半円形の池があり、それを中心とした半円形の広場から、道路が五本、扇型に拡がってとおっている。私は、その中央の道路を真直ぐにすすみ、突き当りの家に入って行くことにした。あれこれと撰んでいるよりも、決心したことをそのまま実行にうつすことの方が、ずっと大切なことだと思ったからだ。

扇の骨にあたる五本の小さな径でたがいにつながっている。

蔦のしげった石の塀に、低い鉄の門が半開きになっていた。門を入ると、枝を張った太い松の木がいかにもどっしりと構えた恰好で立っており、その向うに煉瓦づくりの英国風の玄関のドアが見える。植込みのかげに、緑色に塗った小型の自家用車が一台、雨にぬれた背中を大きなカナブンブンの羽根のように光らせながら止っていた。足もとにジャリ石のくだける音を聞きながら、私は入って行った。玄関までの距離がいやに長く感じられる。花崗岩の踏み石までたどりつくと、鉄製のと編んだシュロのと二た通りの靴拭きが並べてあった。私はわざと、そのどちらも踏まないようにした。ベルを押した。

つづいて、いつでもナタが振えるようにレインコートの前のボタンをはずし、右手にかまえて、扉の開くのを待った。鍵のはずれる音がきこえる。すかさず、私は扉の隙間に左肩から滑りこませるように軀を入れた。一瞬、ひやりとカビのような臭いがして、目の前には、半白の頭髪の、カッポウ着をかけた婦人が身をかがめて、頭を下げようとしていた。私はナタを握りしめて、半歩足をまえに出した。

「あ」

婦人は小さく叫んで顔を上げた。しかし、その表情には意外にも、平和な、やさしさが満ちていた。年は五十恰好だろうか。目立たない程度につけているはずの粉白粉が、ぽっと白く眼にうつるほど近づけた顔に、やわらかなホホエミのようなものさえうかんでいる。私はレインコートの内側でナタの柄をにぎりしめていた手を、おもわずゆるそうになった。そのときだった、婦人は世にもビックリしたように眼をまるくあけると、驚くべき言葉を投げかけた。

「まア電気屋さんでしたの。それなら、どうぞ勝手口の方へ、もう一度お廻りになって……」云いおわらないうちに、ひどくほがらかな声で笑い出した。それは何よりも自分

の思いちがいの失敗がおかしくてたまらなそうな笑い声だった。

　私は、しばらくはアッケにとられていた。そして気がついたときには玄関の外の敷石の上に、両足をそろえて立っていたのだ。私は二三歩、うらの勝手口へ歩きかけながら、突然、自分の姿がひどく馬鹿げたものにおもえてきた。耳の中には、まだ婦人の笑い声がのこっていた。まったく屈託のない笑いなのに、声の質にはどこか儀礼的なひびきがあって、ちょうど石鹸で磨き立てたようにツルツルしており、私には咄嗟に応対のしようもなかったのだ。

　――いっそのこと、云われるとおりに、電気屋になりすまして、この家に上りこんでみようか。

　ヤケクソな気持というよりは、ふとした好奇心から、そんなことを考えた。台所の方から、スープでもつくっているのだろう、甘いような重味のある肉の煮える臭いが漂ってきた。しかし、そっちへ歩き出そうとする瞬間に、書生や女中たちただろうか、急にザワめき立った声が聞えると、恐怖と自己嫌悪とが一度におしよせてきて、私はいちもくさんに門の外へ走り出た。

夢中で走っているうちに、小さな公園のまえに出た。ここは、かねて私が目をつけておいたところだ。この公園のすみの道路ぎわの草むらには、どこからも死角になって目のとどかないところがある。……しかし、そこまで行かないうちに、木の葉を叩く雨だれの音をきいていると、気分は次第に落ちついてきた。
　泥水をたたえた池の端のベンチに腰を下ろした。すると、こんどは自分はいったい何のために、あんなに怯えなければならなかったのか、そのことが気懸りでならなくなってきた。玄関に出てきたあの婦人はいったい何者だろう？　あの家の主婦だろうか。そうだとすればカッポウ着をきていたのは、何か急な来客の知らせでもあって、その支度におおわらわだったのだろうか。……いまごろはきっと私のことをタネにして、一家が笑い興じていることだろう。しかし私は、彼等を憎む気にはなれなかった。むしろ、あの老婦人の笑い声がいまは云いようもない甘美なものとして想い出される。ラチもないことだが、ふと彼女が天真爛漫な性格であって、泥棒も客人も一視同仁に取り扱うことを心得

それにしても、あの台所からにおってきたスープのにおいはうまそうだったなー―。
私は、つぶやきながら立ち上った。そのときだった、右の大腿部にはげしい痛みを感じて、そのままベンチの上に尻もちをつくように倒れた。走っている間は気がつかなかったのだが、レインコートに吊り下げてあったナタが、揺れながら何度かぶつかったものにちがいない。そう思うと、気のせいか急に腿のあたり一帯が生あたたかく濡れていそうにおもえた。 血が流れている？ ことによると抜身のナタの刃がズボンを破って腿のどこかにつき刺さったのかもしれない。おそるおそる私は、ぬれたレインコートの中からナタを引きずりだして見た。雨降りのたそがれどきの薄日のなかで、それは鈍い銀色の光をはなちながら、ひっそりと眠ったように私の膝の上に乗っていた。血のあともついていなければ、刃もこぼれていない。

私は安心すると同時に、拍子ぬけのしたイラ立たしさを感じた。そして自分をふくめて何も彼もがみんな馬鹿らしく、腹立たしいものにおもえた。ペンキ塗りの植物園の名札のようなものを家ごとにかかげたDという町も、耳の底にのこっている先刻の老婦人

249　雨

た高雅な人柄であるかもしれない、などと想像しはじめていたのだ。

の笑い声も、ばからしかった。何だって、おれはあんなことから「高雅な人柄」などと馬鹿げた空想をしたのだろう。しかし何といっても一番馬鹿げているのは私自身にちがいなかった。私は膝の上のナタをながめながら、さっきあの家を逃げ出してくるときに感じた恐怖心のことを考えてみた。それは、まともな恐怖心であるよりは、むしろ仲間はずれにされた子供が感じる怖れにちかいものではなかったろうか。たしかに、私はつかまって警察へつき出されることなどよりも、書生や女中たちの発した声そのものの方がずっと怖しかったのだ。

私は、もう一度、最初から全部やりなおす必要がある。このまま引き下ってしまうわけには行かない。

私は、まえから思っているとおり、なるべく「計画」はつくらないことにした。なまじ計画をつくると、途中でちょっとでも計算の狂ったときにすぐ失敗しなくてはならない。ただ、こんどは他人の家へ乗りこむことはやめて、れいの草むらの繁（しげ）みにかくれて待ち伏せすることにした。

だが、どうしたというのだろう、いざ待ちはじめると不思議なほど、そこには人通り

がないのだ。もともと閑静なところを私は狙ったわけなのだが、それにしても一体ここには人間が住んでいないのかと思うほど、誰もとおらないのだ。……時計を持っていないので、どれぐらいたったかハッキリとはわからないのだが、たぶん一時間以上はその草むらのかげに、むなしく身をひそめていた。

ことによると、待っているという気持になることがいけないのかもしれない。

草むらから、道路をへだててすぐ向う側に大谷石の塀が無表情に立ちふさがっているのを見ながら、私はそう思った。大谷石の塀のとなりにはコンクリートの塀が、そして反対側のとなりには石垣の上に芝生の土堤の塀がまるでひとの忍耐心を試めそうとでもするように立ちふさがっているのである。……まったくどうしたというのだろう、昨日はたしかこのへんで、雨の中を犬にレインコートを着せたアメリカ人の婆さんと行き会ったし、その前の日も若い娘が一人でとおるのを見送った。それがきょうにかぎって犬の仔一匹も通らないのは、よくよく私は運が悪いのだろうか。

退屈のあまり、私は草むらから半分立ち上ったところだった。いきなり真正面から人のやってくるのが見えた。

（しまった、顔を見られたか？）

私は急いで、またもとのようにしゃがみこんだ。もし顔を見られたのなら、堂々と立ち上った方がいいのだが、五分五分のところで向うは気がついていないと私は判断した。真正面からといっても距離はかなりあいていたし、おまけに逆光線だったからだ。……それにしても、その男の紋付の着物に袴をつけ白足袋に足駄をはいた服装は、まわりとくらべると何とも不調和なものだった。それだけでも私はおどろいていたのだが、道路からいきなり公園の中へ入ってきたのには愕然とさせられた。そして私のしゃがんでいるところから二メートルほどはなれた径を、真直ぐに、何かつぶやきながら歩いて行った。ほそい頸筋に、丸坊主の頭がゆらゆら揺れている感じだ。

「どうもいかんですぞ、どうも。……なかなかいかんもんですぞ、なかなか」

そんなことを繰り返し云っていたかとおもうと、片手に抱えていた白い箱の包みを、傘を持った片手に持ちかえて抱えこみ、それから木立に向って放尿しはじめた。

「どうもいかんですぞ、どうも……」

どうやらそれは自分自身に云って聞かせているらしかった。片手に傘と包みを持ち、

片手で袴の前をたくし上げているその恰好は、ひどく危っかしげで、見ているだけでもイライラさせられたが、それ以上に腹立たしかったのは、用がおわっても彼が一向に立ち去るけはいもなく、ひとりごとを云いつづけていることだった。
「どうもいかんですぞ、この町の人間ときては、体裁の好えことばかり云うて、自分のことしか考えん、宗教も信仰もあったもんじゃない、どうもいかんですぞ」
　彼の職業は神社の神主でもあるのだろうか。白い包みの中にオミクジか守り札でも入れて売って歩いているのかもしれない。だとすれば私は、ここで彼の云うことが何となくカンにさわるのだ。
「こちらは子供が七人もおるというのに、その日の食うものがないというのに。……どうもいかんですぞ、この町の人間どもは、自分に関係がないとおもうと、びた一文出しおらん」
　一体いつまで、この男はこんなことばかり云っているのだろう？　ふと見ると目の前の道路を、黒いレインコートを着た中年の小肥りの女がうつ向きかげんに歩いて行く。

絶好のチャンスだ。いま飛び出して行ってナタを振り上げたら、それだけでハンドバッグをほうり出して行くにきまっているのだが……。

いつの間にか私は、この無能そうな神主ふうの男に、すっかり束縛されてしまっていることに気がついた。じつは私自身もさっきから尿意をもよおしているのだが、彼のおかげで身動きできないのだ。いっそのこと、先ずこの男を襲ってやろうかとも思うのだが、彼の繰り言を聞いていると、なぜかそれも出来なかった。同情するわけでは決してないのだが、そのぼそぼそと低くひびく声は耳にしただけで、気が滅入り、体じゅうの力がぬけて、何をする気もしなくなるのだ。

やがて、つぶやく声はしなくなった。だが私がほっとしたのは一瞬だった。ふと見ると、おどろいたことに彼はうつ向いて弁当を食っているのだ。それを見ると私は、いっぺんに絶望的な気持になってきた。と同時に、この三日間、張りつめていた心がゆるみ、切実なおもいで憶い出された。私は心から、この男に怒りをおぼえた。男は絶えず口をならしながら、タクアンを嚙んでいる音や、ときどき冷い飯のかたまりでも喉につっかえるのか、

「カオ、カオ」と、ニワトリが固い餌でも呑みこむような音を立てるのが、はっきり聞きとれる。私は、すんでのことに草むらの中から躍り出し、男が食いかけている弁当をひったくって、泥で濁った池の中へ投げすててやろうとした。そのときだった。暗やみの背後から、
「もしもし、……」と、なまりの強いだみ声がひびいた。警官だった。
「もしもし、あんた、何をしてるんですか、この公園は夜は中に入っちゃいかんと、ちゃんと表に書いてあるじゃないですか。……もしもし、はやく行きなさい。はやく出て行ってくれんと……」
しかし、男は一度、無言で振り向いただけだった。彼はまるで魅入られたように弁当をつかう箸をやすめないのだ。……「困ったな」と根負けしたように、そのまま警官が立ち去るのも知らぬげに、一心に食い耽っている。
私は草むらから立ち上った。男のまうしろでとまると、しばらく彼が食うのをながめていた。ほそい頸筋の両脇から、はり出した鰓骨が咀嚼のために絶え間なしにうごいているのが見える。鉢のひらいた丸坊主の頭と、ふかくくびれた延髄をながめるうちに、

私の殺意は次第に昂まってきた。襟首からのぞくシワのよった皮膚から、むれるようなタクアンの臭いが漂ってきそうだ。弁当を食いおわった瞬間をねらって、坊主頭の真ん中にナタを叩きつけよう。私はレインコートの前ボタンをすっかりはずした。こんどこそ、やっつけて見せる。だが、そのとき、男の口から、また不意に、つぶやきがもれた。

「……これではかえれない。……これではかえれない」

一体、どこへ帰れないというのか？ かえれない、とはどういうことか？ ことによると彼は水揚げがすくなすぎるのを苦にしているのかもしれない。しかし私には、その低く重く地を這うような声が、端的に故郷や家の暗さを想わせ、ナタの柄をにぎりしめた手から力がぬけそうになるのだ。

ひとしきり、やんでいた細かい雨が、また降りはじめたのか、木の葉や下草を叩くシズクの音が聞え、頬に冷いものがかかった。私はもう一度、ナタの柄をにぎりなおしながら、大きく息を吸いこんだ。しかし、男は依然として、箸と弁当を両手に持ったまま、行きくれたような言葉をつぶやきつづけるのである。「これではかえれない、これではかえれない」

秘

密

その夜、僕は勝鬨橋のあたりで、ひどくとりとめもないほど巨大な動物のために、一人の男が殺される場面に遭遇した。

そのとき僕は時刻をみはからって、このわが国最大のハネ橋のハネ上る光景をみようと思ったのである。かつて、敗戦前のある時期、僕はこのあたりの風景を愛惜した。兵営、工場、都民の胃袋である中央市場、そういったものが雑然と交りながら、一本の太い、海のような河につらぬかれることによって一つの調和をつくっているとこが好きだったのである。……で、その調和の支点をなしているこの橋の動くところは多分、僕をいくらか興奮させるだろうと思ったのだ。

橋のたもとの石造の欄干によりかかりながら僕は待っていた。あたりはしんとした河

面から、重い塩分をふくんだような幅の広い風が吹き上げてくる。
しかし橋はどうしても開かなかった。ことによると機械設備に故障でもあったのだろうか。橋の番人が懐中電燈をさげて運転小屋から出てきた。そして、ちょうど橋が二つに割れるところで立ちどまった。僕のいるところから最初、そこに何かがうずくまっているようにみえた。だが、それは懐中電燈の光の輪の中で、かたまりかけたゼリーのようにユラユラゆれ動きながら膨らみ上ったかと思うと、どっと番人めがけて流れ出した。
そして僕は一瞬、驚ろくべきものをみた。巨大なる蛸である。……考えられもしないほど大きな蛸が、その脚で橋桁をガッシリおさえこんでいる……、そう見た瞬間、番人の姿は「蛸」のなかに吸い込まれ、粘膜につつまれて身動き一つしないうように暗闇の中に消えてしまった。僕は走りよろうとした。だが、そのときあの怪物が橋桁から脚をはなしたのか、橋が動きはじめたので、そのまま欄干から首をつき出して河を見下ろした。……しかし、もうあの醜怪なものの姿は水面の下に没しており、ただ、番人の持っていた懐中電燈であろうか、青白い光が一点かすかに黒い水の底から光ってみえたが忽ちそれも消え去った。

しばらくは僕は、その場を動けなかった。いまは開いてハネ上った橋が僕の目の前に、道路を壁のように遮断して立ちはだかっているが、その橋桁の先端（つまり橋の中央部分）が、半分以上も黒く濡れて光っているところをみれば、あの「蛸」の脚の部分だけでも相当の大きさであることがわかった。

それ自体が何か茫莫とした巨大な生き物のように思われる黒い河面を見下ろしながら僕は、あの渦の大きさからみても、もしあの動物が陸上へ上ったとしたら、四五十メートルの背丈はあるだろうかと思い、それが街中を歩くところを想像した。そして、――しかしこれは誰にも云えないことだ、と思った。

僕は道を引きかえすと銀座の方へ歩いた。……いやに喉がかわいているな、そう思いながら、家並みの上に夜空が赤く染まっている方へ向って足を早めるのは愉快だった。どの店でもいい、飛び込んだら早速、飲み物を注文しよう。

実をいうと僕はふだんは、この街に何となくなじめなかった。街の空気全体がピカピカに磨き立てられて、臭いも温度も拭きとってあるように思われるからだ。しかし、い

まはちがう。僕は、どこかの柔いところに坐り、喉をうるおす必要を感じている。すくなくともいまは、目の前の街が利用するためにある。そう思いながら僕はポケットの中に手を入れた。すると、指先から冷いものがったわってきた。あわてて手を引っこめようとしながら思いかえして、ぐっと握りかえす。まるめたままつっこんである紙幣だ。

……この金を僕に手渡したのは、ヌカルミの真中に立った古い木造の建物の中のRという役人だ。ぎしぎし音のする木造の階段をのぼった右のつきあたりの「災害給与係」と黒い札のかかっている部屋。そこには、松葉杖をついた男や、ボロボロの着物に黒い男ものの足袋をはいた母親や、痩せた赤ん坊を材木の切れ端かなにかのように背中にくくりつけた女や、そんな連中が板の腰掛けに並んで坐っている。Rは白い木綿のカーテンを下げた窓のそばのデスクで彼等の差し出す書類を読み、それを戸棚に並んでいる大きな帳簿や、中央の肱掛け椅子に坐っている上役の眼つきと較べあわせながら、ある金額をはじき出す。したがって彼は疑惑することが役目だ。垢光りのする黒いセビロや、鼻の上でゆがんでいる眼鏡や、大きすぎる皮のスリッパなど、身につけたあらゆるものがみな、「おれはウタグッているぞ」という信号を誰の眼にもつくようにかかげている。

そして大抵の者が、この男に名前を呼ばれると、自分が嘘をつくためにこの場所へやってきたのだと思わせられる。僕の前に並んでいたのは、中から毛皮のハミ出している防水布のフトンに手肢をつけたような服をきた丸顔の男だった。Rは彼の書類に眼をとおすと、呼んで口を開けさせた。

「シベリヤから帰ってきたんだって？　しかし君の歯がシベリヤで悪くなったという証拠はどこにもないじゃないか」

「…………」男は何か云った。それが日本語であることには間違いなかったが、何を云っているのだか、僕にもRにもサッパリききとれない。

「こういうのは何ともできないよ、いくらシベリヤ帰りだって」

まるく膨れ上った男の顔は赤黒く日焼けしていたが、実はその皮膚全体を黒い細かなヒビが薩摩焼の陶器のように網の目になって覆っていた。彼は弁明の言葉を補うために手ぶりや身ぶりを加えるのだが、ふくらみ上った衣服のために異様に短くみえる手や脚は、いたずらにゼンマイ仕掛の玩具じみた架空な印象をあたえながら、上ったり下ったりしているばかりなのだ。

「こういうことで、いいかげんな申請書をかくとだな、叱られるのは君ではなく、こっちの方なんだ」

Rは手まねでシベリヤ帰りの男を追いはらうと、次に僕を呼んだ。

「……?」

不思議なことにいままできこえていたのに、順番がくると僕は耳がきこえなくなる。しかたなく僕はいつもRの口がパクパク開いたり閉じたりするのをみると、目立たない程度の笑顔をつくる。そしてRが僕の書類をながめている間、僕は立つともなく坐るともない不定の姿勢をつくって待つ、——活版で印刷されたその書類には、何箇所かの空白があり、そのいくつかに何箇所かの架空の数字を書き入れることが僕の仕事なのだ。それはまったく直感による作業だ。数字を2にするか3にするか、または23 00にするかについては何等の根拠がないのだから。——Rはその数字を、帳簿や上役の顔やと引きくらべながら検査し、彼自身の不可思議な計算で解きほぐしながらもう一度組立てる。そしてその数字がなにがしかの金額に換算されるのだが……。

「……?」書類から眼をはなしたRが、また何か云った。僕は急にシャツのボタンを引

秘密

きちぎって、その下に着ているセルロイドのコルセットの胸を突き出したい衝動にかられながら、顔を上げた。するとRはデスクの引き出しをソソクサとあけて、タバコの袋をとり出し、封を切って僕の前にさし出した。僕はおどろいた。こんなことは今まで一度もなかったのだ。しかも、その一本をとって火を点けると不意にRの声がハッキリ耳に入ってきた。

「じつはですね、この数字はできるだけ多く書いておいてもらいたいのですよ」

「え？」僕は思わず声を上げ、そして後悔した。いまは「ハイ」とこたえるべきではなかったのだろうか。

「いいですか」Rはしずかな声で云った。「わたしの方はウタグルのが商売ですからね、わたしをもっと多くウタグラせたらどうですか……」

ちょうど昼飯の時刻にあたっているのか、Rのとなりの席の女事務員がコンパクトをパチリと閉じると、書類入れの金網の籠を火鉢にかけてそれにベントウ箱を乗せた。するとコンブの焦げるような臭いが僕の鼻を撲ち、あちこちの火鉢で同じことがはじめられているのだ。

「はア、しかし……」僕は、おそるおそる指をのばした。「たとえば、この2は5にしておきますか?」

「……!」Rは眼鏡のおくから僕の顔を見つめた。しかしその力のこもった瞳のために、僕の耳はまたしても聞えなくなった。Rは机の上の黒い手提金庫の中から紙幣を取り出して僕の手ににぎらせた。……それは毎日行われているとおりのことだ。しかし、さっきベントウを書類入れの金網で火にかけていた女がジッとその手を見ているのに気づくと、心臓が急に固いコルセットの下で動悸を打ちはじめ、背を向けるのが恐ろしさに、お辞儀をくりかえしながら後ずさりで部屋を出た。

耳の中に、

「さっきのこと、誰にも云ってはなりませんよ」というRの声のひびくのを感じながら。

僕はいつか銀座に向っていた足を暗い横道にそらしていた。手はポケットの中の湿ッぽい紙幣をにぎりしめながら、古い掘割にそって歩いていた。

掘割は橋の近くになると、その片側の半分以上もゴミと汚物でうずめられており、傾

きかけた背の低い食い物店がせまい地面にギッシリ軒を並べながら、そろって一間ほど掘割の上にノリ出している。そこはおそらく調理場か何かになっているのであろう、裸の尻をつき出して糞をしているみたいに、それぞれ野菜の切り屑や果物の皮を落したり、水をジャアジャアたらしていた。……依然として僕は喉がかわいていた。しかし、どこの店に入る気も起らなかった。別段、不潔さを怖れているのではない。もっと小ギレイな店にしたって、それは同じことなのだ。濡れたような光を道路まであふれ出させている喫茶店の前に立ちどまって、入ろうとすると突然、弾力のあるガラス板が僕の前に立ちふさがってしまう。突進して入ろうとすると、僕の体はイキナリ内部から鞭うたれたようにシビレはじめるのだ。

橋の上に、浮浪人が立っている。腕にだらりとうす黄色いモモヒキをたらしながら、近よると僕に差し出した。

「いくらだ」と、以前ならば訊いてみたにちがいない。物の値段をしらべることに僕は興味をもっていた。米、小麦粉、サッカリン、アスピリン、紙、そんなものの価格は植物のように季節の変化をしめしていたから……。

だが、いま僕にはそういった興味がまるでなかった。店という店からあふれ出して舗道の上にまで賑わった商品、街すじいっぱいに曝された食物、衣料、雑多な器具や小動物にいたるまで、あらゆるものが僕から遠い。白く粉をふいた黒い肌をふるわせて立っているゴム長靴、埃っぽいラシャ地の上にウジャウジャとでたらめに置かれながら同じ時刻に針を指してうごいている時計の山、そのとなりには、魚の卵、タクワン、樽の中にぶつぶつ泡をふいて澱むイカのハラワタ、……そんなものに僕はかたまりこんで冷く僕を見かえすばかりだ。乱雑に無秩序のままかたまりこんで冷く僕を見かえすばかりだ。何ひとつ僕に呼びかけてはこない。

僕は歩いた。周囲が僕に無関心であればある程、執拗に何かひっかかりを求めて歩きつづけた。それはしかしスベスベした大きな円い球にむず痒くくすぐった。そして眼に入るすべてのものは砂漠の砂のような単調さでつづく。セルロイド製の櫛、板金を打ち抜いたナイフ、貝ボタン、廿日ねずみ、ズボン釣り、人間の頭皮をおもわせるカツラ。……僕は、傷んだ脊椎から枝になってわかれている肋骨が固いコルセットにしめつけられて、

パリパリとはじけるように痛みだした。

しかし僕は一軒の洋服生地屋の前でギクリとして立ちどまった。道路に向って扉もなく間口全体を開け放った店の中央で、若い男の店員がひとり踊っているのだ。彼は空で「女」を抱きかかえ、タンゴのステップをやっていた。両腕の肘を張って胸に近づけながら、頰を何かにすりよせるようにブルブル頭を振っている。けれども、そこにいるのは彼一人なのだ……。クルリ、クルリ、軀を回転させながら、彼の半眼をとじた顔には一種の法悦のような笑いが浮んでいる。ぐっと腰をひねって、そろえた爪先きで立ち上るとき、彼の体をエクスタシイの電流がとおりすぎる。僕は眼をうたぐった。するとそのたびに店員のまわりをピカピカした何か透明なものがただよいはじめた。彼の背景になっている天井からブラ下った何本もの布地が、流れ出したように、とりどりの強い色彩がゴチャゴチャに混りだした。……クルリ、クルリ、回転する店員のまわりに浮んだ眩暈のような透明な輪はぐんぐん大きくなり、それにつれて僕の耳にガアンと太い鉄の棒を突ッこまれるような音が鼓膜を圧して飛び込んできた。酸いツバが口にあふれるほど湧いた。僕は耳をおさえたが及ばなかった。クルクルと店員は狂ったように回り

はじめ、透明な輪はみるみるうちにふくらんで、店の中いっぱいに拡がった。僕は目をこすった。しかし、そこにあるのは疑いもなく、巨大な蛸の脚だった。

「あッ」僕は、ふりかえるのと同時にのけぞった。半透明な軟体動物の体が街中いっぱい脚をひろげ、モヤの降りた夜空に高くそびえながら、白熱した炎のように僕は、何かつい……ねばねばした粘液が僕をしめつけ、内臓を圧しつぶされそうに感じて僕は、何かつかまるものを、何かすがりつくものを探そうとあせった。そして両眼が白い濃いモヤのようなものでふさがれるのを感じた。

……僕は母親に名を呼ばれる、ひどく頭の痛い夢で目をさました。「タケシ、タケシ！」子供のときの呼ばれ方で、そう呼ばれると僕は自分の名がキリのように脳味噌に突刺さってくるのを感じる。……母はこの頃、頭がすこしおかしかった。着物をツンツルテンに着て、すそとタビの間から二寸ほど脚を出し、むかし肥っていたときのくせでカモ足でバタバタ歩きながら往来でよくころんだ。落しものや物忘れがはげしく、探しものをしていても何を探しているのか忘れてしまい、寝ている僕の周囲をポクポク埃だらけの畳を踏みながらキツネ憑のような眼をキョトキョトさせて、「ない」「ない」と、

いつまでもぐるぐる廻り歩く。よくつまらないことで腹を立て、かと思うとシクシク泣きながら、ウサギのように二本だけ残った前歯で芋を嚙じっている。……怒ると飯を食べない、そんなに、たよりなくなった母だが、呼ばれた名前の中には僕の子供のころの服従と依頼心がこもるらしかった。——いま行く。僕は口の中で返辞しながら、起き上ろうとして手をつくと、そこは水溜りのヌカルミだった。ズボンの尻も泥水で汚れている。何か満たされない気持でそれでも仕方ない、と思いながら立ち上った。

あたりはひどく暗かった。逆らって歩くことはもう無駄だ。しかし僕は足を動かさずにはいられなかった。歩き出すと、ますます灯の消えている商店が目立ち、道は一層でこぼこが多くなり、踏みはずすとすぐヌカルミに足をとられた。……やがて両側に煉瓦の壁のあるトンネルのような場所にさしかかると、そこだけに降りそそぐように電光が輝いており、壁の下に四五人の靴磨きがうずくまって、みんな片手を差出していた。

どうして、そんな所に靴磨きがいるのかわからなかった。が、近よってみるとそれは全部、売笑婦だった。カッポウ着で前を覆ってぺたんと坐りこみ、唇だけが赤く塗ってある。僕は、ハッとした、中の一人が僕を呼んでいるのだ。

僕にはそれは全く予想外のことだった。あたりを見廻したが他に男はいない。僕はポケットの中に手を入れた。紙幣が掌のなかで生あたたかく息づくようだ。女は立ち上ってそばへよってきた。ネズミ色の重そうな布地のズボンをはいて、そのぽってりした裾が白足袋に紅いハナオの下駄をつっかけた足を目立たせていた。

「ねえ、おあそびして」
「ダメだ、病気なんだ」
「だいじょぶよ、あたしは」
「いや、おれなんだ。おれが病気をもっているんだ」
「じゃ、おコーヒー飲みに行きましょう」
「ダメだ、コーヒーも体に悪いんだ」

すると、女は体を一と突きドンと僕の体に圧しつけ、
「意地悪！」といったかと思うと、そのまますはなれて行った。僕は別段、歩度をゆるめるわけでもなく、ただまったくどうでもいいと思いながら応対していただけだ。だが、女が去ってしまったあと、ノロノロと歩きつづけながら、右の肱あたりに何かがのこっ

ているのを感じた。それは乳房であるかもしれないと思った。僕は左手で右の腕から肱のへんを圧えては触覚をたしかめながら、だんだん女の立っていた場所から遠ざかるにつれて、軽い後悔のようなものが襲いはじめた。……あたりが急に寒く、歩きつづけた足に靴ずれのできたことが変にハッキリと頭に浮んだ。もう少し歩いたら、すべて忘れてしまうだろう。僕はそう期待した。けれども結果は逆に、靴ずれや寒さの苦痛が増大するにつれて、右肱にのこった柔らか味のある暖かさは、ますます意地悪く喰らいついてくる一方だった。アキラメて僕は、追いはらおうとしていたイメージを自分からわざと組み立ててみた。赤あかと燃えている窓ガラス、湯気を吹いているヤカン、柔らかで厚いふとん、……しかし一向に僕は、女そのものについては想い及ばないのであった。
——思いきって一そ、もときた道へ引きかえそうか。そんな決心をつけたとき、僕はふと人の声をききつけた。
——おうい雨が降ってきたぞ。
——待ってろよな、こうすれば寝られるから。
僕はいつかアメリカ軍の自動車置場のようなところにさしかかっているらしく、まわ

り に は 建物 も 木 も なく、 いくら 見 すかして も 人 の 影 ら し い も の さ え な い の だ。 し か し 右 往 左 往 す る 子供 の 声 だけ は た し か に す る。 …… 気 が つ く と、 さ っ き の 女 が 僕 の 真 後 に い た。

「や っ ぱ り 君 は 来 た の か」

女 は 弱 い 声 で 何 か 云 っ た が、 僕 に は 聞 き と れ な い。 僕 ら は 土 堤 に そ っ た か な り 広 い 道 路 を 歩 い た。 女 は 僕 か ら 一 間 ぐ ら い は な れ た と こ ろ を、 僕 と 同 じ よ う に 俯 向 い て 歩 く。 な ぜ も う 少 し そ ば へ よ っ て こ な い の か 僕 に は わ か ら な い。 僕 が そ ば へ 行 こ う と す る と、 彼 女 は あ ら か じ め そ れ を 知 っ て い る か の よ う に、 先 に 距 離 を あ け て し ま う の だ。 …… 意 識 し す ぎ て い る の か も し れ な い、 態 勢 を か え て み よ う。 そ う 思 っ て 僕 は、 立 ち ど ま っ た め に 土 堤 に 向 っ て 放 尿 す る こ と に し た。 す る と、

「タ ケ シ、 タ ケ シ!」 と、 ま た 僕 の 頭 を キ リ で 刺 す よ う に 母 親 の 声 が 耳 も と で き こ え た。

…… そ の 時 だ っ た。 土 堤 の 上 を 機 関 車 が や っ て く る よ う な 地 響 き と い っ し ょ に、 ピ カ リ と あ の 輪 が 光 っ た。

「ま た、 あ い つ だ!」 僕 は 叫 ん で、 う し ろ へ 飛 び の い た。 そ の 間 に も み る み る 輪 は 大 き

くなり、いまはすでにそれが蛸の足のタライのように大きな吸盤であることがわかった。
僕はかろうじて女に別れを告げるがはやいか、背中一面にゆさゆさした吸盤がせまって
くるのを感じながら、まっしぐらに逃げ出した。……
　駆け抜けた先は街の表通りだった。走ってくるトラックのそばをすりぬけながら僕
は風を切って追いかけてくる蛸の足音をきいた。建ち並んだビルディングはどれもこれ
も鎧戸（よろいど）をすっかり下している。煉瓦づくりのガードのそばに公衆電話のボックスが一つ
空いている。突進すると僕は夢中で飛び込んだ。扉を内側からひっぱって置こうとした
が、取手がどこにもついていない。しかたなく扉の窓の桟を指先でツマんで出来るだ
け強く引いていると、窓ガラスごしに大蛸の体の一部分だけが白い影のようにうつって、
ボックスは上下にはげしくゆれた。桟をツマんでいる指にも、もう力が入らない。
　助けを呼ぶために僕は受話器をとった。ダイヤルを廻しながら、ポケットの中の銅貨
をさがす。が、僕がつかみ出したのはあの湿っぽい紙幣ばかりだ。……たしかに入って
いたはずの銅貨がないままに、僕はダイヤルの手をとめて、もう一度、手さぐりにポケ
ットの中の紙幣の一枚一枚の間に指を入れて探してみた。すると、黒いエボナイトの受

話器から発信音のながれる音に交って、はやくちな人間の言葉が、「ダレにもいってはなりません……」と、くりかえし、くりかえし、Rの低い声で聞えてくるのだ。

絶望のあまり僕はボックスから飛び出した。街は悽惨な気味をていしていた。驟雨のあとのように路面は濡れて、黒くテラテラ光りながら、踏みつけるごとにネバネバしたものが足先から頭のシンまでつたわってくる。……一面に散乱している街路樹の葉や木片やに足もとを取られながら僕は放心したように歩いた。極度に疲労して、心臓がメチャメチャなはやさで動いているのがハッキリわかったが、そんなことも、もうどうでもよかった。

歩きながら僕は何度も人にぶッつかった。しかし倒れそうになるのは、いつも僕の方なのだ。向うから、裾のながい外套に時代ばなれした黒いアストラカンの頭巾をかぶった男がやってくる。除けようとするのだが、やっぱり不思議な意志のはたらきでドシンと正面からぶッつかってしまった。すると背骨の中にかくまわれている神経のタバが一度にイキリ立ち、走れもしない僕に走れと号令を下した。足は貼りついたように地面を

はなれず、耳の穴にゴムの膜をはられたようで、苦しい呼吸の生アクビが何度も出る。それでも僕は走らなければならない。……一体、どこへ行けというのか。
やがて僕は劇場や新聞社の建物やがゴチャゴチャかたまり合っている掘割にさしかかった。僕は一と息で橋を駈けわたると、刷り上った新聞の貼り出された掲示板の前で立ち止った。血走った眼で僕は追った。——大蛸の襲来について、何かの記事がないだろうか。それがたとい、わが国のことでなくとも、ヨーロッパの北か、南米の南か、そんな最も遠くはなれた場所であってもいい。……しかし、すみからすみまであさりつくしても、いま僕が経験したあの怖ろしいことについては何も書いてなかった。
「どうしてだろう。何だっておれ一人が、あの奇妙な動物に追いかけられなければならないんだ……」
僕は空しい新聞紙の前に立ち止ったまま動けなくなった。……ちょうど掲示板のうしろが印刷所になっているらしく、電燈のもれる窓のなかから輪転機の音がにぶくひびいてくる。すると、その音のなかから、

（イッテハナラヌ、イッテハナラヌ、……）とまたあの声がするのだ。どうしてだろう、僕の眼の前にはあの光の輪が現れ、だんだん大きくなるというのに。……僕は眼をつむり、コメカミをおさえてかがみこんだ。

ジングルベル

悦子からの電話で目をさましたときは、もううす暗かった。前の晩から一戦三時間もかかるヘタ糞な麻雀(マージャン)を打ちつづけて、寝たのは昼すこし前だった。

「地下鉄の三越前の駅でまってるわ。五時よ、だいじょぶ?」

「うん、……だけど、これからメシも食わなきゃだめなんだ。ここから一時間ぐらいはかかるだろう」

「じゃ、三十分ぐらいなら待っててあげる。でも五時半すぎたら、いっちゃうわよ」

「ああ」

「ホントよ」

「わかった」

うす暗い室の中で、僕はいまが明け方なのか夕暮れなのかもハッキリしない。しばらくぼんやりしていると、電話は切れた。

受話器をはなしたときから、僕は不思議に飯のことばかり考えていた。食欲はすこしもないのだが、何かを食うこと、それだけが目醒めていて、他のすべてはまだ睡っていた。

僕は外へ出た。真冬にしては暖い陽気だった。多摩川園の駅前まできて、僕は自分の肢が、機械のように動いているのに気がついた。ラジオが「ジングルベル」をやっている。それに足をあわせていた。きょうはクリスマスなのである。けれども、駅前の道路をはさんで両側に並んだ食い物店は、「多摩川名物、鮎焼き、ウマイ、ウマイ」と赤地に白く染めぬいた旗を、鉛色の冬空にかかげている。

歩調をあわせまいとしてもダメだ。足首をヒモでしばられて、それをひっぱられているみたいなのだ。……「へいッち、にッ」と僕は高崎歩兵連隊初年兵の頃の軍曹の掛け声をおもい出した。リズムの切れめ切れめに、掛け声がかかる。

――ジングルベル、ジングルベル、

——ジングル（ヘいッち）、ベール（にッ）、……ジングル（ヘいッち）、ベール（にッ）

僕はそのようにして、足もとをジングルベルに取られながら、ふらふらと、立ち並だほこりっぽい食い物店の一軒にはいっていった。そして椅子に腰を下すなり、「ウナドン」と、叫んだ。

あとになってどんなに考えてみても、僕はその時の自分のことが、どうしても理解できない。やがて運ばれてきたウナギ丼をみて、僕は給仕の少女の顔を見直した。誰がこんな物を註文したのか。元来僕はウナギを食わない男なのだ。……軍隊生活のおかげで、僕はほとんど偏食しなくなった。しかし、ナスとウナギは、食べたことがない。子供の頃、写真屋のかぶる黒い布を怖れたが、同様に食いものについても、黒いものは恐ろしかったのである。ことにウナギは不気味だ。あの、しめっぽさは、どうにもならない種類のものだ。ウナギ一匹を食うぐらいなら僕は「ナメクジ二匹を一ぺんに食べて見せる」と声を出して言っていた。

……しかし記憶をたぐってみると、たしかに僕は「ウナドン」と云うよりは、何故か僕は逆えなかったのである。

僕は食おうと決心した。

小皿に二切れ乗っているタクアンを心だのみに僕は箸をとった。つっつくと、ずるりと滑って脂ぎったネズミ色の皮が剝がれ、赤黒く焼けた膚をつわれる。いつもならここで、ひるむところだ。しかし僕はひと思いにパクリと口にほうりこんだ。歯にさわると気のせいか、キュッとあの断末魔の鳴き声みたいな音がする。つづいてもう一と切れ。……栄養、栄養、ビタミン、ビタミン、と僕は口のなかで祈るようにとなえながら、つとめて機械的に咀嚼した。

やっと食いおわって、値段をきいておどろいた。

「三百円いただきます」とこともなげに少女は云った。

僕は、ウナギが割合に高価なものであることは知らないわけではない。しかし、あんなに我慢して食べたのにと思うと、情けなかった。じつは店を出る前に、せめて熱いお茶を一杯のみたかったのだが、あたえられないものを求めるのはよそうと金を払ってそのまま店を出た。

駅の時計は、もう五時十五分前を指していた。三十分は待つと云っていたが、それにしても四十分では日本橋まで行けるかどうか。……家へ引返えそうか。待ちきれなくな

れば、きっと悦子はジレて電話をかけてくるにちがいない。そのときに理由を云ってあやまればよい。

僕は、やはり渋谷行の電車に乗っていた。すこし遅れていたとみえて、電車は満員だった。田園調布、自由ヶ丘、と人は増すばかりだ。僕は運転台の片すみに圧されて、息ぐるしくなった。背すじが冷くなってくる。……また来やがった、僕はここしばらく続いている微熱のことを考える。きょ年の冬、卒業論文を書いているとき、前に一度やった肋膜炎をブリかえしたのだが、この頃また夕方になると七度二三分の熱がでる。——「だめよ、そんなことをすれば、あなたは死んじゃうじゃないの」悦子はそう云って、軽い接吻しかさせなくなった。そのくせ彼女は僕と街へ出ると、きっと沢山買物をして、それを僕に持たせるのだ。コンビネーション、毛糸、クルミ割り機械、毛髪のクリップ、アイスクリームの道具一式、……

都立高校の駅を出てすこし走ると、電車はとうとう止ってしまった。急停車の反動で人波はいったん大きくゆれたが、ぎゅう詰めの電車はその後まったく身動き一つ出来な

くなった。人イキレに顔がほてり、毛のズボン下の内側を汗が流れる。僕の前に、顔をつきあわせている男は、黒いマスクをかけ、馬鹿に大きな、まるでカラカサみたいな鳥打帽をかぶっていたが、そのヒサシがちょうど僕の眼のところなのだ。どう云うわけか彼はしきりに頸を左右に振るので、そのたびにヒサシが僕の眼にぶッつかりそうになる。僕はよほど彼に、その帽子を脱いでくれるようにたのみたかったとであった。どうやら彼は、マスクをはずすために、人ごみの中から腕を抜こうと、もがいているらしいではないか。もがきぬいて彼はついに、僕の胸にその鼻をすりつけることによって、マスクを頤のところへずらせることに成功した。しかしその拍子に、かぶっていた帽子が彼の頭から、パタリと落ちてしまったのだ。……茶色い格子縞のパリパリのハンチングは、いまは彼の肩の上にとまっていた。彼は肥った短い首をねじまげて、不安そうに横目でジッと帽子をみまもっていたが、どうすることも出来なかったのである。男は、あきらめきったその眼差しを僕の方にむけた。僕はこの男に親愛の情を覚えないわけにはいかなかった。マスクに蒸されて、口の周囲は赤くなり、鼻の頭とまばらな口ヒゲのあたりに、汗の玉が点々と光っていた。すると、そのとき、またあの

―ジングルベル、ジングルベル
　ジングルベルがきこえて来た。

　車内の空気にたまらなくなって、あちらこちらと窓を開けはじめたので、何処かの喫茶店あたりでやっているラジオの音が流れこんでくるらしい。……ひとをセキたてるリズム。僕は腹の中が変になってきた。胃袋がカッカッと熱くなり、心臓の鼓動がおかしく速まってくるのだ。……ジングル、ジングル、……ジングル、ジングル、とそのたびに僕の、さっき食ったウナギが、食道まで這いのぼってくるのを感じ、胸がむかむかしてくる。……ジングルベル、ジングルベル、……耳は、高い山に登って雲にまかれたときのようにガンガン鳴りはじめ、ひっきりなしに生唾が湧いて口じゅうに溢れだした。僕はもう、なりふりをかまわず、すこしでも良い空気を吸おうと、魚のごとく天井をむき、
「あっぷゥ、……あっぷゥ」とやってみるのだが、耳鳴りも腹工合も一向におさまりそうにない。こうなっては、電車が走りだして窓から新鮮な空気の送られてくるのを待つよりほかはなかった。

——ジングルベル、ジングルベル
電車はいったい何時になったら走り出すのか。そして何時になったら、あのジングルベルが聞こえなくなるのか。僕は人々の頭ごしに暗い窓の外をながめているより仕方がない。……

渋谷の駅につくと、もう僕はクタクタに疲れていた。時間は六時をとっくに過ぎている。これから行って三越前につくのは、どうしても七時ちかい。しかし僕は、もうホームをとッとと地下鉄の方へ歩き出していた。地下鉄の階段を上るのは苦しかった。……ジングル・ベル、ジングル・ベル、と僕はいつか頭の中にしみこんでしまったあの節を、一段のぼっては一段のぼった。息ぎれがして僕は酔ッぱらいのような足どりだった。

電車は、まさに発車するところだった。僕は走った。最後の一段をふんだとき、僕は息苦しさで、頭がカラッポになった。夢中でかけこむと、背中をこするようにしてドアが閉り、電車は動き出した。

僕はドアに背をもたせかけて、ぼんやりトンネルの壁に目をむけていた。さっきの耳

鳴りがまたはじまった。外套が両肩にずしりと重い。……中学生の頃のバスケット・ボールを思い出した。すでにチームの中に僕がいるのを見ると、他の四人はいやな顔をするのだった。試合開始の笛が鳴ると同時に、僕はコートの囲いをドカドカと駈けはじめる。球の飛んでくるのを怖れながら、無意味に腕をふりまわし、「ドンマイ、ドンマイ」と、わけの解らぬことを口走って、むやみに駈け廻るのである。ぽんやり立っているこ とは許されない。時間がくるまでは、そうやって青い顔をしながら、走っていなければならなかった。——徒労である。目的の駅にたどり着いたところで、其処には何もありはしない。しかし僕は行かなければならない。目的は、ただ行くこととそのものなのだ。
　……そう思いながら、僕は駅の名を勘定していた。ところがどうだ、愉快なことに、京橋の駅につくとまたもや電車は故障を起してしまった。それも、ちょっとしたことではなく、今夜中にはとても復旧の見込がないという。
　これでこそ完璧である。僕は歩き出した。都電は走っていたが、待つのはいやだった。
　日本橋を過ぎて、ようやく三越前の駅の燈がみえたときはさすがに嬉しかった。七時半、僕はマラソン選手のようにゴール・インした。ガランとした駅の構内には無論悦子の姿

はなく、改札口には通行止のクサリが廻してあった。切符売場で切符の引換えをやっていて、五六人ならんでいた。僕もその列にはいった。新しい切符には、今後一週間、つまり今年いっぱい使用出来るとした判が押してある。帰りに地下鉄を利用できないからには、僕にはその切符は無効と同然だった。僕のなすべきことはもうこれで全部終った。が、ポケットに切符をいれて出口に向う途中、ふと僕は、駅の柱の太いことに気がついた。それは優に大人が二たかかえするほどであった。僕は引きかえして、一本一本見廻った。すると驚いたことに、出入口から一番遠いところの柱の蔭に、女がひとり立っているのだ。服装からみて、ここの駅員とも三越の店員とも思われなかった。彼女は壁に向って立っていたが、足音に気づいたのか、僕の方をふりかえった。醜い顔立であった。

クリスマスの夜、日本橋通りにはひと気がなかった。燈を消した建物がくろぐろと立ちはだかり、秋のように深い霧が下りて、気味の悪い温かさだった。僕は、やはり失望しているのにちがいなかった。一軒だけ明るく電気をつけた果物屋が店を開けているのをみつけると、救われたような気がして近よった。しかし考えてみると、僕はそこで何

をしたらいいのかわからないのだ。そのまま帰ろうとしたがだめだった。いつめられたウサギのようにおびえながら、「そのミカン、三百円ください」と云ってしまった。来るとき食べたウドンのことが頭にあった。しかし今度は、ハカリの上に積みあげられて行くミカンの山は僕の予想をはるかに裏切って、実に尨大だった。もうすこしへらしてくれませんか、と懇願したかったが、果物屋はそのスキをあたえなかった。

都電は何台まっても、日本橋止りのものしか来なかった。僕はそれに乗ってあとは、東京駅まで歩くより仕方がなかった。ミカンを、片手にぶら下げていると、バリバリと音をたてて紙袋を裂り、道路にころがり出そうとするので、胸の上にしっかりと抱きとめていなければならなかった。するとミカンを抑えている腕に、心臓の鼓動がつたわってきた。

僕はいつか、クラブかキャバレーのようなものの前を通っていた。人のいない室に、クリスマス・ツリーの立っているのが、ガラス窓をとおして見えた。白い上衣を着た給仕たちが三人、紙の帽子をかぶって入口の石段のところにいた。彼等はプーッと吹くと

クルクルと先へ一尺ほどのびるオモチャで遊んでいた。
——ジングルベル、ジングルベル
突然、あの歌がきこえて来た。中でやっているバンドの音楽をきかせるために、街路に向けた拡声機が鳴り出したのである。僕は追い立てられるように足をはやめた。けれども歌声はしつっこくつきまとってくる。……それはジャズに編曲されていた。歌っている男はあきらかに、ある黒人の歌手をマネている。
——ジンゴッツ、ベル、……ジンゴッツ、ベル、……ジンゴォジンゴォ、……オッ、オッ、オ、オ、オ、オ、……
息ぐるしい、圧し殺した声。ワメくような泣くような節廻しが、あの奴隷になるために生れて来た人種のそれにそっくりなのだ。僕は想いうかべた。……白樺の林、絶望的にどこまでもひろがっている雪の曠原、その中を狂ったような速度で駆ける橇。
——鈴を鳴らせ、鈴を。
橇の上から、びゅんびゅんと鞭がふり下される。脚の折れるまで、倒れるまで、走らなければならないトナカイ。……

僕はミカンで心臓を抑えながら、疲れて、もつれそうになる足をはやめた。

翌日。

朝から雨だった。

下目黒一丁目のＭ氏の家へ、僕は親父の就職の世話をたのみに行った。手には家のニワトリの生んだ卵を新聞紙に包んで、ぶら下げていた。……僕は親父を嫉妬している。

彼は元軍人で公職を追放されて以来、庭を耕しながら、一個で一貫目になるサツマ芋をつくることばかり夢みて、他の一切に関心を失ったかのようだ。おふくろが、何か職業につくことをすすめると、親父は僕が子供の頃かぶっていたベレを頭にのせわざとアドケナサを装って、舌ったらずな口調になり、

「ああ、とし寄りが赤いチャンチャンコを着るのは、ええもんじゃノウ」と云う。

僕は、せめて親父が本当に、あらゆる希望を棄てているところを見せてもらいたいと思う。掘りかえした芝生の間を、点々と白くトリの糞のこびりついたベレを頭に、シャベルをかついで歩きまわっている親父の姿は、僕に何かを感じさせる。しかし、それが

一体どう云うことであるのか、僕には解らない。僕をふくめて三人の家族が、残りすくなくなった世帯道具を売りはらうだけで生活しているのである。僕は別段、親父に金をかせいで来てもらいたいとは思ってはいない。親父の生活を非難することが出来ないまま、たまらなくイラだたしいのだ。……親父は、僕が代ってM氏の家へ行くからと云うと、古い自分の名刺に、僕を紹介するむねをしるして手渡すのである。
M氏は不在だった。もうあと一時間ほどすれば、帰ってくると云う話であった。目黒の駅までもどった僕は、もてあました時間を、どうしようかと迷っていると、公衆電話が目についた。ちょうどいい、僕はまだ昨日のことを悦子に電話していなかった。こんなときは、ものごとは変に順調である。番号を呼び出すと、すぐに悦子の声だった。

「ゆうべは、……」と云いかけると、悦子はおっかぶせるように、
「地下鉄が故障で来られなかったわね」
「うん、……いや、東横も一時間以上おくれたんだ」
「あたし、七時すぎまで待っててあげたのよ。そしたら電車が故障だって云うからもう

「脱線?」

「うん、あなたが来ないでしょう。つまんないからタバコばっかり吸ってたの。もう来ないと思って帰りかけたら、後から男の人が追いかけて来たの。……変なひとだな、って思ったけれど」

きまりきった文句で、「あなたの待っていらっしゃる方も、おいでにならなかったんですか。じつは私も……」とその男が呼びかけたと云うのだ。なんとなく、ぼんやりしていたので、云われるままにその男にくっついて、それから何処と何処へ行ったと、方々のダンスホールや喫茶店の名をあげ、

「お酒、ずいぶん、のんじゃったわ。何もわかんなくなって、お家へかえったらもう十二時よ」

僕は何故か、ホッとした。それはある予想が適中したような喜びだった。

「いけないね、そんなことをしては」

「でも、あなたが悪いのよ。そうでしょう。……あなた、これから家へいらっしゃらな

い。……だァれもいないの、いま。アイスクリームつくったわ。いらっしゃいよ」

「だめなんだ。これから用事があるんだ」

「そうオ、じゃ、晩は。……晩ならいいでしょう。アイスクリーム、冷蔵庫にいれとくわね」

電話を切って、ボックスを出ると、僕は急に不愉快になって来た。言葉の意味を了解し、女が僕を裏切ったことが、ようようハッキリ頭に来た。燃えたってくる怒のなかで、親父の就職運動なぞは、もうばかばかしかった。……何がアイスクリームだ。僕はアイスクリームを悦子の頭に叩きつけることを想像しながら、これからすぐに彼女の家へ行ってやろうと、目黒駅へ歩きはじめた。……すると、僕は耳を疑った。またしても「ジングルベル」が鳴っているのだ。何と云うことだ、これは。クリスマスなら昨日で、もう終っているではないか。

足どりが、また「ヘいッち、にッ」の調子だ。僕は昨日逆らえなかったものに、きょうは断じて反対しようとした。しかし、だめだった。雨の中を二三歩あるくと、もう「ヘいッち」と掛け声がくるのだ。たとえチンバの歩き方になっても、これよりはマシ

だと、強引に調子をひきはなそうとするのだが、やはり「ジングル」とくると左足、「ベル」で右足、……だめなのだ。

ジングル・ベル　ジングル・ベル　ジングル　オール・ザ・ウェイ

……無意味な行動、空まわりしなければならない自分の悲しさが胸にこたえ、僕は茫然として駅のたもとの陸橋にもたれながら、せき立てるようなリズムの中に、悲しげな節廻しをもったその音楽の聞えてくるままに身をまかせた。そして、こんなふうに云いたかった。

「セイント・ニコラスのおじさんよ。あなたにはかないません。どうせ僕は橇に縛りつけられたトナカイです。もう、けっして勝手にはブラブラ致しません。——お願いです、ほんのしばらく休ませてください」

愛

玩

貧乏というものが、ある欠乏と云ったものでないことはたしかだ。そいつは、むしろベタベタくっついてくるものだ。と、僕には思われる。僕の一家は、親子三人、父も母も僕も、そろってこの数年間ほとんど無収入にちかく、むかしからいう「赤貧、洗ウガゴトシ」の状態といってさしつかえないと思うのだが、家のなかはガランとしたり、風とおしがスウスウしたり、そんな洗われた感じはすこしもなく、逆に雑多でトリトメのない、ぬるぬるした変に熱ッぽいもので充満しているのである。
 軍人だった父は獣医官だったのでどうやら戦犯にもならず、無事に南方から引き上げてまる四年になるのだが、あちらでの抑留期間中よほどおどかされたらしく、ぶん殴られることを警戒して、この鵠沼の家の門から外へはほとんど一歩も出たことがない。母

は、父とちがって社交的であったから、こんな時代には大いに活躍するにちがいないと期待されていたのだが、サッカリンの行商をやって忽ちしくじってしまった。イカサマ物を近所の人に途方もない値で売ってしまい、それ以来配給当番になっても疑ぐられるしまつである。その結果彼女もまた、おそろしいインフェリオリティー・コンプレクスに陥って、あらゆることに全く自信を失い、何より困ったことに金銭の勘定がおぼつかなくなって毎日のちょっとした買いものにも、商人に財布をわたしてその中から代金を受けとらせなければならない程だ。そして僕は、兵隊のときにかかった脊椎カリエスがなおらないで、寝たり起きたり、怠慢な療養をつづけているのである。

こんな生活能力を徹底的に欠いた人間ばかりが集っている一家の混乱は、見た人でなければちょっと想像もつかないほどだ。人は茶簞笥の中からノコギリが出てくるのを見て驚くであろう。これは母が狂った連想でカツブシ削りとまちがえたためだ。また父はノコギリや解剖鋏やガラスの破片や特殊な雑草の種子などが、階級章や革製の糸巻にまきつけたカアキ色の糸などと一しょに、床の間のわきの違い棚の上に、不思議な秩序で積

戦場生活の影響で自分に必要とするものは何でも宝物にしてしまい。それで彼のノ

み上げられている。ハンカチや靴下は勿論、シャツやモモヒキでさえ、いったん見失ったが最後、ボロ布の渦にまきこまれて海の水から塩をとり出すほどの分析が必要になる。欄間や天井や電燈のコードがクモの巣に覆われているのは云うまでもないが、その上に白い細いカビの花のようなものがまつわりついている。これはアンゴラ兎の毛なのである。……僕は元来ネコをすら好まない。あの家中を小便くさくさせ、毛だらけの身体を平気で人の肌におしつけてくる獣を愛する人の気がしれないのである。ところがネコでさえもウサギに較べてみれば何倍かマシなものであることが解った。

あるときヒョックリ、父のもと部下だったという僕らの知らない人が、父を「カッカ」と呼びながら訪ねてきた。この人が父に変な夢をふきこんで行ったのである。次の日の朝、父はめずらしく服を着かえて何処かへ出掛けた。母と僕とは、てっきり何かウマイしごとの口でもあったらしいと、疑いながらも幸福な予感がして、

「お父さんも、あれでチャンとした恰好をさせればなかなか立派だからねェ」と云う母の言葉に、僕はあいづちを打ってウナずいた。昇進や栄転やそのほか重大なことのあるときはいつも父は、あのようにだまって出掛けたのである。……だが僕らの期待は間違

いだった。夕方おそく帰宅した父は途中でシンガポールで買ってきた腕時計を盗まれないがら、両手にしっかりと大きな箱をさげていた。そして、あのいやらしい動物が僕らの生活に入ってきたのだ。真の悪人が柔和らしい顔付きをもっているように、箱から出てきたばかりのウサギは雌雄ともおとなしくて、畳の上にじっととまって眼を赤く光らせているところは、思わず僕も、「可愛いいな」と言ってしまったほどであった。母がパンをちぎってやると、首をオズオズのばしながら急にパクッとくわえて部屋のすみに逃げこんだが、その様子は滑稽であり、まっ白い体でピョンピョンとぶと、そのたびにあたりが明るくなるようなイキイキした感じだった。父は無論大いに満足していた。そしていつもの無口に似合わず、「これであと半年もすれば、月々八千円もうかるのだ」と云った。それをきくと母は「オッと、……」と、たまげて歯のない口をあけて、まるで幼児が見たこともないない大きな砂糖菓子をあたえられたような顔をしていたが、やがて父の「一年間の収毛量がいくらで、それによって得られる毛糸が何ポンド、布地が何ヤード、……」と云った話がはじまると、もう夢中でウレしさのあまり笑いがとまらず、いや、それだけの布地が……円じゃ安すぎる、あたしが商売すれば……円はもうかる、八

千円どころのことではない、ともう、そこここに、反物や毛糸の山でもあるような大はしゃぎだ。……だが、ふと僕は畳の上に黒いコロコロした玉をみつけた。それは点々として部屋中いたるところに撒きちらされている。恥しらず、とはこのことであろう。ぴょんと一とはねするごとに、ポロリポロリと黒い玉を股の間からおとしながら、二匹そろってテレるでもなく、媚びるでもなく、ウサギはじつにシラジラしさそのものの表情である。馬鹿みたいに赤い眼をポッカリあけたその顔に、僕はわるい予感がした。

あくる日から父は非常ないきおいで働きだした。ところでこの父の働きぶりほど僕をイライラさせるものはないのだ。へいぜい仕事というのは、天気ならば庭の芝生をはがすことであり、雨天ならば種々様々な無用の箱をつくることである。それは実利の点からみて何の益もなく、また趣味娯楽としても合点がゆかない。しかもその熱心なことは、どんなに想像してみても何のことだかサッパリ見当がつかない。この鵠沼海岸は波が荒く風が強いことで有名な土地だが、舞い上る砂煙のなかで「ひえーッ、ひえーッ」と云うカン高いかけ声とともに、踊り狂う人のようにクワをふるっている父の姿は、やりき

れない徒労の孤独と絶望とに僕を追いやる。こんなにして芝をはがしてみても雨が降れば必ず水びたしになって、何もとれない畑にしかならないと云うのに。……僕は寝ている座敷から縁側ごしにどなる。

「そんなことしたって、しかたがないじゃないですか。家の中に砂が入ってきてやりきれないですよ」

すると父は、

「なにッ」と、クワをふりあげたまま僕を睨（にら）み、「――しかたがない、と云ったって、しかたがないじゃないか」と、どなりかえす。……ウサギがやってきてからは父の働きぶりに、さらに異様な情熱が加わった。巣箱、餌箱、運動箱、がつぎつぎにいくつも作られ、それらはいずれも、これまでに作った無用の箱の経験から独創的アイディアが豊富にほどこされていて、父以外の者は何べん教わっても檻のフタをあけることさえ出来ないほどだ。ノコギリ、カンナ、ノミ、ツチ、の音が絶えず家中に鳴りひびき、その間僕は読書することも何することも出来ず、ただ父の無意味なエネルギーが頭のなかにシミこんでくるのにまかせているより仕方がない。

これまでそんなことも考えてみたこともなかったが、ウサギは「チュウ、チュウ」と云って鳴くのである。この鳴き声をきくと僕はなんだかガッカリする。……陛下のお声をはじめてラジオできいたときのような、ある空しさがやってくる。その変な鳴き声を僕は、しょっ中きかなくてはならなくなった。と云うのは父が泥棒やノラ犬の襲来をおそれてウサギの檻を廊下のつきあたりのヒラキ戸の中へ入れてしまったからだ。そこは僕の寝ている枕もとから三尺ほどしか離れていない。ウサギは、ひる寝て、よる暴れる。ガリガリ檻の木をかじる音や、床板をバタバタふみならす音、それに古いトタン板を利用して巧妙につくられたパイプ（なんとそれは、うごきまわるウサギのシリと自動的に合致する仕掛けになっている）を伝って排泄物の流れる音、……これらの騒音が闇のなかから不規則に、そして絶え間なくきこえてくるのだ。僕は夜半に、枕もとから駈けこんだ物凄くずう体の大きなネズミに足か頭かを齧られている夢で目をさます。……いちど眼をあけたが最後だ。こんどは本物の魔物が僕を食いにやってくる。ムズムズしたふとんのワタの中につっこんだ足さきから、なんとも云えないクスグッタさが這い上ってきて背骨の患部にはいり込む。すると身体につけているかぎりのものが僕をガンジ

ガラメにしはじめる。ギプスをはずしてシャツをめくって、ぽりぽり背中を搔いてみるがムダだ。クスグッタさは奥の方へ逃げこんでしまう。何とかそいつをつかまえようと絶望的な努力で、指をアバラ骨の間へあてて押していると、そしてまた、となりの部屋からはドタンバタンとあの檻の中の動物があばれだすのだ。そしてまた、となりの部屋からは父と母とのイビキの合唱や、たわけた寝言。……父は突如、馬のいななくような笑い声をあげたかとおもうと、

「オキキモモ」と大きな声でさけぶ。これはよくきくと「おチチのむ」と云っている。九人兄弟の末子である彼は十三歳の春まで田舎の祖母のお乳をのんでいたのである。最初僕は、戦地からかえってきた父のこのネゴトを、働きたくないための僕らに対する欺瞞の煙幕かと思っていた。だが滋養のために僕がドライミルクをのんでいるのを、そばでシンから欲しそうに見つめているところをみると、そうではないらしい。……父のねごとが僕にエディプス・コンプレックスを感じさせているなら、そいつはむしろ滑稽なことだ。またグロテスクは僕の趣味にかなっている。だから父がオッパイをのもうとしているイメージ

……騒音にかこまれた暗やみのなかで、不眠のため一層神経質になった僕は、自分の身体が内側と外側と両方からばらばらになって溶けてしまいそうな気がする。あんまりやかましいので、頭からフトンをかぶろうとして掛けぶとんを引っ張ると、一つかみのワタだけ手に残って、あとの大部分はまだ両脚にからみついたままだ。……背骨のクスグッタさはますますひどくなる。そいつは混沌とした無秩序な部屋の、ホコリや、ぽろ布や、鼻汁だらけでほうり出してある紙クズや、そんなものから沼地のメタンガスのようにブクブクわき上っては、みな僕の身体のなかに這入りこむらしい。掻けもしない奥の方にあるクスグッタさを我慢するために、僕はただ満身の力をこめて体を硬直させている。……すると また「チュウ、チュウ」ときこえてくるのだ。あんなに重そうな音をたてて暴れるくせに、何だってあんなタヨリない声で鳴くのだろう。

やがてウサギは子を産んだ。父は獣医の腕前を発揮して八匹もの子を全部丈夫にそだ

ててっていった。どうしても僕らには、口を割って話さなかったがウサギは相当の金額で買ったものらしく、まい日父は生れた仔の重量を計ったり雌親の体温をみたり、ことに一日何回にも分けてやるエサには調合にも食いッぷりにも神経質な注意をはらっていた。ところがこうなるともう箱の方は間にあわない。あの精密なパイプの仕掛けもすでに毀れていたが、それを修理するどころか単に仔を収容すべきものにさえ、なかなか手がまわらない。それで、とうとうウサギどもは座敷で僕らと雑居するにちかい状態となってしまった。家全体はまさに家畜小舎だったが、それよりも僕をおどろかせたのは家族のものがお互いに、へんに家畜じみて見えはじめてきたことだ。……家の中には、まだ仔が生れないうちから方々にウサギの毛が散乱していたが、いまではもうあの軽く柔らかな毛がフワリフワリと絶えず部屋の中を飛んで、誰もが頭からこの毛を浴びるために、おたがいの頭がケムリにまかれてボヤけたように見える。ことに父は何匹ものウサギにしょっ中ブラシをかけてやるので一層だ。鼻の穴に白いウサギの毛をからませて、呼吸のたびにそれがヒクヒクゆれているのも知らぬげに、前歯をうごかしながらものを食っているときなど、だんだん父の顔からは人間風なところが消えてゆくようだ。母はまた、

子ウサギをみたとたんから、あらたな母性をよみがえらせた。毛のムクムク生えた小さな動物を二六時中抱いて、胸をひっかかれるのもかまわず、ふところへ入れて寝たりする。そして僕が赤ン坊だったころのことを、ウサギに話しかけでもするように、くりかえしくりかえし子供の言葉でつぶやいている。……そんなときは、さすがに父も「おいおい。それはウサギだぞ。人間じゃないぞ」と云う。

皿にも鍋(なべ)にも、あらゆる食器と云う食器には、食い残りの汁や、魚の皮や、茶のカスなどが入っている。父はすべての食物の栄養分析表を暗記しているので、頭の中にあるそれらのヴィタミンや熱量の数字が水といっしょに流れ出すのを惜んで、どうしても食器を洗わせないのである。おまけに彼はお膳(ぜん)で年中、眼をキョロキョロさせながら僕らが何を食べのこすかを見張っている。……このことは年をとって台所仕事をメンドくさがる母の不精をますます助長した。実際母にとってこんなに都合のいい口実はなかった。茶ワンや皿は汚れたままほうっておけるし、おかずはマズく味をつけるほどウサギの餌になるものがふえて、よろこばしいと云うのだから。……そのため家中にはいたるところに昆虫類、ナメクジ、ミミズのたぐいがおびただしく棲息(せいそく)することとなった。畳の上のそここにソ

オスや、みそ汁だらけになった虫が這っている。ひまになった母は近所となりの人にも相手にされないので、しょっ中僕の寝床のそばにきてはヒックリかえって、子ウサギをあやしたり、それに退屈するとマンジュウやアンコダマやその他さまざまの砂糖菓子を思いうかべて、

「あ、あ、食べたい……」と絶望的な嘆声を発したりしている。そのくせ彼女は、父や僕とは反対にまい日まい日肥って行き、オナカも顔もまるくなってハダけた着物から、子のような脚をのぞかせているのである。そんな暮し方からは空想力がいちじるしく増大するものらしく、小説のページをいきなりあけたような唐突さで、彼女は僕がお嫁さんをもらった時の場景を描写しはじめる。やりきれないのはそんな「お嫁さん」が、いつのまにか母自身のイメージにかわってしまうことだ。……ひる間から二人そろって寝ていると、附近一帯からみな僕の家へあつまってきたハイが、ぶんぶんなりながらかってくる。そんなものには、もうなれてしまった僕はうるさいとも思わない。だが一度、何気なく髪の毛をつかんだ瞬間、頭髪のなかから青バイが二四、つがいながら空中を逃げて行ったのにはウンザリした。

父は野心的な仕事にとりかかった。門から外へは一歩も出ないくせに、何処からそんなものを探し出してくるのか解らないが、長い軍隊生活者独特の不思議な嗅覚で、ガラスの棒や金網や銅線などを蒐集して、いつの間にか化学的実験装置を組み立ててしまったのである。父のモクロミというのは、人間の頭髪のなかにある或る栄養分を抽出して、これをウサギに食べさせることによって、兎毛の成長をうながそうとすることであった。この計画は大ぶ前からの懸案であったらしく、そう云えば父はバリカンで自分の頭を刈るごとに、ていねいに新聞紙に包んだ髪を例の宝物の中に入れて収っていた。しかし毛はなかなか思うようには貯らないらしく、ときどき独り言みたいにして、「床屋へ行けば髪はたくさんあるのだがなア」といっていた。つまり母か僕に、床屋へ行って髪の毛をもらってこいと云うわけだ。母も僕もそんな謎にはひっかかりたくないので知らん顔をしていると、父は困ってうつむいてしまう。すると父の顔付きはますますウサギに似てくるようだ。あるとき僕はわざとデマカセを云った。「きょう床屋にきいたら、県庁の衛生課の規則で、髪の毛は売っちゃいけないことになっているんだってさ。……規則をやぶると営業停止になるそうだ」

これは、ひどくキキメがあった。父は、かぶりをふりながら（これが彼の忿懣に耐えるときのクセである）だまりこんで、二度とあの独り言を云わなくなった。だが、それでもうアキラメてしまったのかと思っていると、ときどき僕を見つめては、

「ふウ……」「ふウ……」と、何か芝居がかった溜め息をはく。夜など僕が寝ていると、どことなく陰険な眼つきになりながら、そばへよってこようとする傾向がある。

とうとうある晩、父はたまりかねたように自分の頭をゴシゴシ掻きながら云った。

「おまえの頭、ずいぶん毛があるなア」

思わず、僕は両手で頭をおさえた。ある架空な恐怖心が僕をとらえてしまった。……父は僕と反対に早寝の早起である。午前四時頃には、もう目を覚している。だから、やろうとすれば寝入っている僕の頭の毛を、すっかり刈り取ってしまうことも出来るわけだ、あの秘蔵のクローム・メッキした解剖鋏で。……実際は、僕の髪は太くて密生しており、ありあまって困るくらいのものだ。だが電気を消して眠ろうとすると、とたんに父の顔が皮剝ぎナイフをもった屠殺場の親方のスタイルで頭のなかにうかんでくる。

……してみると僕はまた、いつの間にかあの無能で臆病でそのくせ変にズウズウしい動物にノリウツられてしまったのだろうか。

とうとう父の野望がいっぺんに消えてしまう日がやってきた。それは苦心して作ったイモ畑のイモが二三日の雨で腐ってしまうかのように、タワイなかった。僕の家でウサギを飼いはじめたことがその原因であるかのように、アンゴラ・ウールはもはや流行しなくなったのである。もともとウサギは繁殖しやすいものなのだし、毛も父が発明するはずの薬なんか飲ませなくてもウンと生えているのだから、このことはむしろ当然であった。……毛や子ウサギを売って月々八千円もうけたり、品評会に出品して一等賞をとろうとしたことなどは、いまや夢となって崩れてしまった。だがウサギどもは幻滅の灰のように白い毛を家中にふり撒（ま）きながら依然として暴れまわっている。いや、いまは子供のウサギもすっかり成育をとげ、おまけに気ヌケした父が面倒をみないので、その暴れ方は以前にまして物凄い。彼等は床の間に突進して、空しく飾られてある例の実験装置をひきずり倒し、針金やガラスの棒をバラバラにしてしまった。それからあの頭髪を大切に

包んであった新聞紙も嚙みやぶって蹴ちらし、あたり一面を髪の毛——その大部分は白髪なのだが——だらけにした。

母は、まい日買うオカラのために着物を売ってしまった、とことごとにグチをこぼしだした。彼女には絶えず、畳の上を這っている獣がモグモグと着物を食い出しているところが見えるらしかった。以前には、こんなにハッキリとショールや手袋を吐き出しているところが見えていたのに。……「チュウ、チュウ」と云う鳴き声に交って、いまは老婦人のヒステリックな声がしょっ中きこえる。「まあ、また、こんなところにオシッコをして」

ある日、母は「お客さん」をつれてきた。わが家にとっては、その男が十三カ月目にはじめて現れた外来者だった。長靴をはいて、竹の籠をつけた自転車を重そうに門の中へ運びこんでくる姿をみたとき、僕らは一様にある緊張を感じた。籠城の兵士が、敵か味方かわからない軍隊が近づいてくるのを見ているのに似ていた。母は僕のそばへ駆けよって、「あれはね、ソーセージ会社へ行っている人だけどね、お父さんにはだまっておいで」と耳うちした。男は肉の仲買人であった。僕にとっては、そんなことはどう

もよかった。いまは何をおいても、この無用の長物を整理してしまう必要がある。うまく料理してくれるなら僕自身が食べたってさしつかえないところだ。……仲買人はウサギの置いてある縁側に案内されると、お世辞をいった。
「ほほう、こりあ立派なものですな」
すると父はダマされているとも知らず、うれしそうに頬を赤らめた。……男は、狼狽したのかもしれない。突然、語調をあらためると、戸がゆれるほどの大声で、
「……しろうとは、みんなひっかかるですよ。これに」
そう云いながら、腕まくりした手をのばしてそばにいた一匹をつかまえた。……ウサギは背中の皮をつままれて宙につり下げられながら、四肢をちぢめて、尻から腹に吹きぬける風に毛をそよがせていた。仲買人はウサギをぶら下げたまま、
「誰でも最初は馬か牛をほしがるですが、それが買えないのでブタで我慢しようと云うことになる。ここまではまアいいが、これも買えないとなると次がウサギだ。……これからがイケない。家ウサギからはじまって、アンゴラ、チンチラ、レッキスとなって、こうなっちもうとめどがない。……ヌウトリヤという化け物から、モルモットと行く。こうなっち

「……やあもうおしまいだ。……」

その話は僕らには外国語のように途方もなく太く大きな声が耳の底までひびいてきた。何を云っているのだか解らないままに、彼は一人で、「まア牛がモルモットになるとは、おもしろいはなしだ。ははははは」と笑いながら、「ウサギなら食えもするがモルモットとくると食えないからね。だんなも気を付けなさい。

……もっとも、このアンゴラてやつは食って、うまい肉じゃねえが」

すると、ながい間ぶら下げられて毛の合間から灰色の皮膚をのぞかせていたウサギが突然虚空に肢をふんばると、仲買人の腕に嚙みついた。……僕は頭に血がのぼった。何故か僕はウサギと、その背中をつかんでいる手とをしか見なかった。(もっと嚙め！)

僕が心にそうつぶやいた瞬間、「ちくしょう」と仲買人はウサギをふりまわすと頭を縁側の柱にぶッつけた。ひどい、骨の割れるような音がした。ウサギはそれでも死んだのではなかった。何も見えないような赤い眼を、まるく開けて僕らの方を見ていた。仲買人はそれを竹籠の中にほうり込むと、しゃべり止めて、次々に耳でブラ下げながら、つぎつぎと全部のウサギを詰めこんだ。籠はふたを閉じたうえにホソビキがかけられた。

けれども竹の編み目からは白い毛がはみ出して、それ自身生き物のように動いていた。
……仲買人は、大きな財布から汚れた紙幣を何枚かとり出すと、父の顔を見て、ふとある「ウサギっ気」にぶっつかったかのように、顔をそむけて母にあたえた。
不思議にそれだけが、けっして腐らず、いつまでも生き残っているウサギ専門の飼料の、ジュットクソウとリュウゼツナとがツルや葉を思いきりのばしている庭の畑の彼方に、門の方へ消えて行く仲買人の自転車を、僕たち親子三人は、おたがいに一と言も口をきかずに見送った。

解説

四方田犬彦

『海辺の光景』は、安岡章太郎の作家としての生涯の初期にあって、もっとも強烈な輝きをもち、それを結節点としてその後の巨大な物語群が築きあげられることになったという点で、記念碑的な意味をもった作品である。

この中編は高知と鵠沼というふたつの海辺を二つの中心とする、楕円に似た構造をもっている。語られているのは、そこに帰還しようとする主人公の内面を中心とした、現実と回想の交錯である。主人公の信太郎は、年齢にして三十歳代中頃だろう。高知の精神病院から母親危篤の知らせを受けた彼は、元陸軍の獣医であった父親とともに病院へ向う。以後、母親が息を引き取るまで九日間にわたって、二人は病院に滞在する。母親の死を看取ることは、子供として体験しなければならない務め、すなわち通過儀礼であると、一般的にいえなくもない。『海辺の光景』ではそれが、一種の引き籠もり、すなわち参籠として描かれている。息子は母親の臨終を契機に世俗的な日常生活から切り離され、家族とは何か、人間の関係性とは何かという純粋な問いに向きあうことを要求される。この小説が

きわめて抽象的な雰囲気をもち、主人公の東京での現実について多くを語ろうとしないのは、そのせいである。

『海辺の光景』を読み出した読者がただちに気付くのは、そこに執拗なまでに嗅覚が描写されていることだ。

嗅覚はだしぬけに主人公に襲いかかり、彼を不快感の虜にしてしまう。それは冒頭で彼と父がタクシーで「部落民」の「居住区」を通り過ぎるさいに、早くも顔を覗かせている。「突然、腐った魚のハラワタの煮える臭い」が襲いかかり、ニワトリが何羽も車の前を横切ってゆくのだ（この臭いの残響は、後に続く回想場面で獣医であった父が戦後に養鶏に情熱を傾けるあたりにまで、途切れながらも続いていて、作品全体において通奏低音に似た役割をはたしている）。続いて、再会した母が発する「汗と体臭と分泌物の腐敗したような臭い」。それは屍臭とも異なった「猫の尿と、腐ったタマネギと、煮え立った魚のアラの臭いをいっしょにしたような、一種独特の臭気」である。さらに病院で通された部屋の「ニスと何か刺戟性の臭い」。炊事場の漬物の臭い……。信太郎はこうした臭いに、いつまでも慣れることができない。臭いは「体のすみずみまで染みつい」て、彼を陰気な閉塞と停滞の感情に押し止めてしまう。

嗅覚が抜き差しならない体験の直接性であるとすれば、視覚からくる印象はより間接的

であり、主人公はまず隔たりとしてそれを体験する。精神病院は最初、みごとに咲き誇る桜並木の映像によって印象づけられる。主人公が滞在することになったゲストルームの窓からは、高知湾の静かな海が一面に見下ろせ、朝日のせいで「空は一面に赤く、岬や島を鬱蒼と覆いつくした樹木は、緑の濃さをとおりこして黒ぐろと見える。」重症患者の病棟へ向う入り口はペンキで淡い緑色に塗られ、それは母が収容されている病棟の四方の壁にまで続いている。こうした色彩の異常さ、周囲を取り仕切ってしまわんばかりの単調さは、われわれにどこかしらアウトサイダー・アート、すなわち知的障害者たちが描き出した、多分に偏執的な世界像のあり方を強く想起させる。『海辺の光景』における「光景」とは実のところ、無意識的なるものによって内面化された光景であり、そこに私小説的な達観や観想がさし挟まれることはありえない。

この舞台装置としての風景は、次に規範化された美しさへの違和感として、主人公の前に現われることになる。

「海は相変らず、絵のような景色をひらいていた。波はおどろくほど静かで、正面に小さな丸い島が黒い影になって浮かんでおり、右手には岬がなだらかに女の腕のような線を描いてのびている。そして左手には桟橋の灯がキラキラとまたたくのである。

それはまったく〝景色〟という概念をそっくり具体化したような景色だった。一度見てしまうと、もはや眺めているということさえ何ものも入り込む余地がなかった。

も出来ないものだった。信太郎は立ったまま、散歩する患者たちを見ていた。彼等もまた夕暮れの残光のなかにたたずみながら、その姿を景色の中にとけこませていた。湾の向うから、灯をつけた一隻の和船が近づいてきた。船には、この病院の従業員たちが乗っているのだった。いまが勤務の交替時刻なのだろうか、船の中で看護婦の白い帽子がゆれた。患者たちは岸辺に駈け出した。そのときだった、信太郎は突然、これらの患者が常人ではないということを憶い出した。そのことは彼を一瞬、愕然とさせた。」

ここでは風景はいかにも設えられた風景画のように、永遠の相のもとに語られている。こう書き出してみると、いかにもロマン派のクロード・ロランが好んで描き、ドストエフスキーやニーチェが愛好した、人類の黄金時代の表象であるようにさえ思われる。舞台として設定された一九五〇年代にはまだ冷房装置はなく、ゲストハウスの窓は開け放たれていたことだろう。とはいうものの、そこにはガラスを通して眺めたような静寂と怜悧な距離感が漂っている。

しばらく眺めているうちに信太郎は、眼前に圧倒的に迫ってくるこの風景が実のところ表層のものでしかなく、身近に近寄ってみるならば、登場人物のことごとくが狂人であるという事実に愕然とする。彼は風景を絶対的な距離のもとに眺めることは許されても、そのなかに参入することは許されない。「病室の分厚い壁をくりぬいた窓」から、いかにも

屈託なく風景のなかに溶け込んでいるような病院の患者たちを見つめながらも、自分では閉塞感と不安に苛まされつつ停滞を強いられている。こうして嗅覚の直接性に対して、視覚はどこまでも隔たりを前提とした、アイロニカルで間接的なものに留まっている。しかしながら「こうした場景の中から、彼は母を理解しようとしていた。」『海辺の光景』とは、現前に圧倒的に立ちふさがる光景を、その圧倒性ゆえに母親の隠喩と見なして、その意味を読み解こうとする息子の物語に他ならない。

　一年前、信太郎は狂った母を騙してタクシーに乗せると、高知湾を見下ろす精神病院に入院させた。今、彼は病院から母の危篤の知らせを受けて、同じ道を引き返し、置去りにしてあった母に対面しようとしている。

『海辺の光景』を読み進めてゆくうちに、最初の場面にあたるこの帰還が、信太郎の人生のなかですでにあらかじめなされた行為の反復であることが、判明してくる。戦後しばらくの間、鵠沼の叔父の家を借りて暮らしてきた一家は、あるとき追い立てを食らう。両親は故郷の高知に戻ることになり、信太郎だけが東京で生活することになる。明け渡しの作業がすべて完了した翌日、彼は、母が紛失したワニ革のカバンを探しに、もう一度、鵠沼の家に戻る。カバンは誰もいなくなった家のなかにひとつだけ置き放しにされていたと、隣家の主婦が親切に渡してくれる。だが「鍵が毀れているために外側から細ビキで厳重に

縛られている」そのカバンを苦心してこじ開けてみても、母が話していた現金も貯金通帳もなく、ただ一挺の鎌が入っているだけである。

母の狂気の始まりを語るこの出来ごとは、作品全体において雛形とでもいうべき挿話を構成している。それが作者である安岡章太郎にとってどれほど切実で重要なものだったかは、『海辺の光景』から八年後に発表された長編『幕が下りてから』にも、同じ挿話がいくぶん陰影を変えて収められていることから推察できる。厳重に紐で縛りあげられたワニ革のカバンは母そのものであり、彼女の人生が絶え間なき抑圧と自己防御の連続だったことを物語っている。

であるならば、その内側に隠された鎌とは何であったか。それが息子である信太郎に託された「圧しつけがまし」い問いである。母親にとって息子とは何であるのか。いや、母とは何であり、息子とは何なのか。今、母はワニ革のカバンよろしく、高知の精神病院に置去りにされている。信太郎の病院への帰還は、先に掲げた問いのすべてをめぐる探求となるだろう。

すでにして母は、あらゆる留め金を外し、開ききった存在と化している。「前歯一本だけをのこして義歯をはずされた口はくろぐろとホラ穴のようにひらかれたまま」であり、何十時間も開け放しになっているため、「舌も上顎も奥の喉口まで乾き切ってヒビ割れたように」なっている。彼女はほとんどまったく裸体のまま、視力のない眼を大きく見開き、

意識もないままに息子を迎えいれる。

なぜ女性の性器は醜く、不気味なものという印象を与えるのか。精神分析の理論家であったフロイトは『不気味なもの』のなかで、それは女性性器がわれわれの起源であり、故郷に近しい存在であるからだと説明している。『海辺の光景』の主人公が幼少時から、「血の逆流するような恐怖」を抱いたこととの間には、深い無意識的関係があるように思われる。では、いかにしてこの乾いて開ききった母を、受け入れればよいのか。九日にわたる病院での生活が、少しずつそれを可能にしてゆく。母のついの住家となった狭い病棟は、すでに母そのものである。そして「ある瞬間から居心地はそんなに悪くないように思いはじめた」とき、信太郎は母に対する償いをはたす契機を見つけ出す。

和解は夢によってもたらされる。信太郎は夢のなかで、子供のころに母から水泳を教えてもらったことを憶い出し、自分の「すぐそばに黒い大きな母の体がゆらゆら揺れているさまを目にする。現実の母が乾きの極限にあって、人間であることの輪郭を喪失しようとしているとき、奇妙なことに息子の意識下で母はより豊饒で慈愛に満ちた水の映像を獲得し、安息と庇護をもたらす者として、彼の前に現われるのだ。

ほどなくして母は死亡し、物語は幕を閉じる。最後に主人公が窓から見るのは、すでに見慣れていた美しい海辺の光景が引潮によって一変し、死を連想させる黒々とした何百本

もの杭(くい)を露呈させているさまである。母は現実の死を経由することで、今こそ不吉な風景そのものとして、全世界を圧倒することになったのだろうか。ここに現前しているのは、革のカバンのなかに発見された鎌に匹敵する、死への衝動の充満する光景である。『海辺の光景』の主人公は、作者である安岡章太郎と多くのものを共有している。また母と父の設定にしても、伝記的に重なりあうものが少なくない。だがこの作品を私小説の範疇(ちゅう)で眺めると、その本質を見誤ることだろう。信太郎にとって恐怖の対象に他ならなかった郷里と母親は、のちに安岡の文学を決定づける大きな主題となった。『流離譚(たん)』と『鏡川』における、父方、母方、双方の先祖への遡行(そこう)が、その大きな成果であるといえる。やがて読者は『鏡川』のなかで、『海辺の光景』で描かれた老母の少女時代に、思いがけずも出くわすことだろう。

（二〇〇〇年七月、比較文化）

この作品は昭和三十四年十二月講談社より刊行された。

安岡章太郎著 **質屋の女房** 芥川賞受賞
質屋の女房にかわいがられた男をコミカルに描く表題作、授業をさぼって玉の井に"旅行"する悪童たちの「悪い仲間」など、全10編収録。

安岡章太郎著 **文士の友情** ──吉行淳之介の事など──
「第三の新人」の盟友が次々に逝く。島尾敏雄、吉行淳之介、遠藤周作。若き日の交流から慟哭の追悼まで、珠玉の随想類を収める。

小島信夫著 **アメリカン・スクール** 芥川賞受賞
終戦後の日米関係を鋭く諷刺した表題作の他、『馬』『微笑』など、不安とユーモアが共存する特異な傑作を収録した異才の初期短編集。

佐藤春夫著 **田園の憂鬱**
都会の喧噪から逃れ、草深い武蔵野に移り住んだ青年を絶間なく襲う幻覚、予感、焦躁、模索……青春と芸術の危機を語った不朽の名作。

遠藤周作著 **白い人・黄色い人** 芥川賞受賞
ナチ拷問に焦点をあて、存在の根源に神を求める意志の必然性を探る「白い人」。神をもたない日本人の精神的悲惨を追う「黄色い人」。

遠藤周作著 **イエスの生涯** 国際ダグ・ハマーショルド賞受賞
青年大工イエスはなぜ十字架上で殺されなければならなかったのか──。あらゆる「イエス伝」をふまえて、その〈生〉の真実を刻む。

遠藤周作著 **夫婦の一日**

たびかさなる不安に陥った妻の心を癒すために、夫はどう行動したか。生身の人間だけが持ちうる愛の感情をあざやかに描く。

庄野潤三著 **プールサイド小景・静物**
芥川賞・新潮社文学賞受賞

突然解雇されて子供とプールで遊ぶ夫とそれを見つめる妻――ささやかな幸福の脆さを描く芥川賞受賞作「プールサイド小景」等7編。

庄野潤三著 **庭のつるばら**

丘の上に二人きりで暮らす老夫婦と、たくさんの孫。ピアノの調べ、ハーモニカの音色。「家族」の原風景を紡ぐ、庄野文学五十年の結実。

吉行淳之介著 **砂の上の植物群**

常識を越えることによって獲得される人間の性の充足！性全体の様態を豊かに描いて、現代人の孤独感と、生命の充実感をさぐる。

吉行淳之介著 **夕暮まで**
野間文芸賞受賞

自分の人生と"処女"の扱いに戸惑う22歳の杉子に対して、中年男の佐々の怖れと好奇心が揺れる。二人の奇妙な肉体関係を描き出す。

曽野綾子著 **太郎物語**
――高校編――

苦悩をあらわにするなんて甘えだ――現代っ子、太郎はそう思う。さまざまな悩みを抱いて、彼はたくましく青春の季節を生きていく。

色川武大著　うらおもて人生録

優等生がひた走る本線のコースばかりが人生じゃない。愚かしくて不格好な人間が生きていく上での"魂の技術"を静かに語った名著。

色川武大著　百　川端康成文学賞受賞

百歳を前にして老耄の始まった元軍人の父親と、無頼の日々を過ごしてきた私との異様な親子関係。急逝した著者の純文学遺作集。

開高健著　日本三文オペラ

大阪旧陸軍工廠跡に放置された莫大な鉄材に目をつけた泥棒集団「アパッチ族」の勇猛果敢な大攻撃！　雄大なスケールで描く快作。

開高健著　輝ける闇　毎日出版文化賞受賞

ヴェトナムの戦いを肌で感じた著者が、戦争の絶望と醜さ、孤独・不安・焦燥・徒労・死といった生の異相を果敢に凝視した問題作。

開高健著　夏の闇

信ずべき自己を見失い、ひたすら快楽と絶望の淵にあえぐ現代人の出口なき日々——人間の《魂の地獄と救済》を描きだす純文学大作。

永井荷風著　ふらんす物語

二十世紀初頭のフランスに渡った、若き荷風の西洋体験を綴った小品集。独特な視野から西洋文化の伝統と風土の調和を看破している。

阿川弘之著 **春の城** 読売文学賞受賞
第二次大戦下、一人の青年を主人公に、学徒出陣、マリアナ沖大海戦、広島の原爆の惨状などを伝えながら激動期の青春を浮彫りにする。

井伏鱒二著 **黒い雨** 野間文芸賞受賞
一瞬の閃光に街は焼けくずれ、放射能の雨の中を人々はさまよい歩く……罪なき広島市民が負った原爆の悲劇の実相を精緻に描く名作。

小林秀雄著 **荻窪風土記**
時世の大きなうねりの中に、荻窪の風土と市井の変遷を捉え、土地っ子や文学仲間との交遊を綴る。半生の思いをこめた自伝的長編。

小林秀雄著 **モオツァルト・無常という事**
批評という形式に潜むあらゆる可能性を提示する「モオツァルト」、自らの宿命のかなしい主調音を奏でる連作「無常という事」等14編。

小林秀雄著 **Xへの手紙・私小説論**
批評家としての最初の揺るぎない立場を確立した「様々なる意匠」、人生観、現代芸術論などを鋭く捉えた「Xへの手紙」など多彩な一巻。

小林秀雄著 **本居宣長** 日本文学大賞受賞(上・下)
古典作者との対話を通して宣長が究めた人生の意味、人間の道。「本居宣長補記」を併録する著者畢生の大業、待望の文庫版！

新潮文庫最新刊

村上春樹 文
大橋 歩 画

村上ラヂオ3
—サラダ好きのライオン—

不思議な体験から人生の深淵に触れるエピソードまで、小説家の抽斗にはまだまだ話題がいっぱい！『小確幸』エッセイ52編。

角田光代 著

私のなかの彼女

書くことに祖母は何を求めたんだろう。母の呪詛。恋人の抑圧。仕事の壁。全てに抗いもがきながら、自分の道を探す新しい私の物語。

安東能明 著

伴連れ

警察手帳紛失という大失態を演じた高野朋美刑事は、数々な事件の中で捜査員として覚醒してゆく——。警察小説はここまで深化した。

石井光太 著

蛍の森

村落で発生した老人の連続失踪事件。その裏に隠されていたのは余りにも凄絶な人権蹂躙の闇だった。ハンセン病差別を描く長編小説。

宇江佐真理 著

雪まろげ
—古手屋喜十為事覚え—

店先に捨てられていた赤子を拾って養子にした古着屋の喜十。ある日突然、赤子のきょうだいが現れて……。ホロリ涙の人情捕物帳。

藤原緋沙子 著

雪の果て
—人情江戸彩時記—

奸計に遭い、脱藩して江戸に潜伏する貞次郎。想い人の消息を耳にするのだが……。涙なくしては読めない人情時代小説傑作四編収録。

新潮文庫最新刊

新井素子著 イン・ザ・ヘブン

いろいろな天国、三つの願い、人工知能、神様のゲーム、第六感、そして「ノックの音」。バラエティ豊かな十編の短編とエッセイ。

吉上亮著 生存賭博

怪物"月硝子(ディアーナ)"の出現により都市に隔離された市民は、やがて人と怪物の争いを賭けの対象にした。極限の欲望を描く近未来エンタメ。

堀内公太郎著 スクールカースト殺人教室

女王の下僕だった教師の死。保健室に届く密告の手紙。クラスの最底辺から悪魔誕生。もう誰も信じられない学園バトルロワイヤル！

蛭子能収著 ヘタウマな愛

遺影となった女房が微笑んでいる。俺は涙を止められなかった——。30年間連れ添った妻との別れと失意の日々を綴る感涙の回想記。

河合祥一郎著 シェイクスピアの正体

本当は、誰？　別人説や合作説が入り乱れる、天才劇作家の真の姿とは。シェイクスピア研究の第一人者が、演劇史上最大の謎を解く！

松岡和子著 深読みシェイクスピア

松たか子が、蒼井優が、唐沢寿明が芝居を通して教えてくれた、シェイクスピアの言葉の秘密。翻訳家だから書けた深く楽しい作品論。

新潮文庫最新刊

天野篤 著
あきらめない心
―心臓外科医は命をつなぐ―

あきらめは患者の死、だから負けられない。七千人の命を救った天皇陛下の執刀医が語る己に克つ生き方と医療安全への揺るがぬ決意。

松沢呉一 著
闇の女たち
―消えゆく日本人街娼の記録―

なぜ路上に立ったのか? 長年に亘り商売を続ける街娼及び男娼から聞き取った貴重な肉声。闇の中で生きる者たちの実像を描き出す。

佐藤隆介 著
素顔の池波正太郎

何より遅刻を嫌ったこと。人をシビアに観察していたこと。一晩中執筆していたこと。……。書生として誰より間近に接した大作家の素顔。

坂岡洋子 著
老前整理
―捨てれば心も暮らしも軽くなる―

高齢になれば気力や体力が衰え、片付けはおっくうになります。あふれるモノを整理して、快適な老後を送るための新しい指南書。

西原理恵子 著
いいとこ取り! 熟年交際のススメ

サイバラ50歳、今が一番幸せです。熟年だから籍は入れない。有限の恋だからこそ笑おう。波乱の男性遍歴が生んだパワフルな恋愛論。

堀井憲一郎 著
あなたが知らないディズニーランドの新常識44

空いている月は? 飲食物の持ち込みは? ランドで20年、シーで15年、調査し続けた著者がTDR攻略に有益な情報を一挙大公開!

海辺の光景

新潮文庫　　や-6-1

著者	安岡章太郎
発行者	佐藤隆信
発行所	会社 新潮社

昭和四十年四月二十日　発行
平成十二年八月二十五日　三十九刷改版
平成二十八年五月二十五日　四十四刷

郵便番号　一六二-八七一一
東京都新宿区矢来町七一
電話　編集部(〇三)三二六六-五四四〇
　　　読者係(〇三)三二六六-五一一一
http://www.shinchosha.co.jp

価格はカバーに表示してあります。

乱丁・落丁本は、ご面倒ですが小社読者係宛ご送付ください。送料小社負担にてお取替えいたします。

印刷・株式会社三秀舎　製本・株式会社大進堂
© Haruko Yasuoka 1959 Printed in Japan

ISBN978-4-10-113001-9 C0193